우리는 시지프스 나라로 간다

우리는 시지프스 나라로 간다

발행일　2021년 6월 30일

지은이　민경륜
펴낸이　손형국
펴낸곳　(주)북랩
편집인　선일영　　　　　　　　　　편집　정두철, 윤성아, 배진용, 김현아, 박준
디자인　이현수, 한수희, 김윤주, 허지혜　제작　박기성, 황동현, 구성우, 권태련
마케팅　김회란, 박진관
출판등록　2004. 12. 1(제2012-000051호)
주소　서울특별시 금천구 가산디지털 1로 168, 우림라이온스밸리 B동 B113~114호, C동 B101호
홈페이지　www.book.co.kr
전화번호　(02)2026-5777　　　　　　　팩스　(02)2026-5747

ISBN　979-11-6539-805-7 03810 (종이책)　　979-11-6539-806-4 05810 (전자책)

(주)북랩 성공출판의 파트너
북랩 홈페이지와 패밀리 사이트에서 다양한 출판 솔루션을 만나 보세요!
홈페이지 book.co.kr　•　블로그 blog.naver.com/essaybook　•　출판문의 book@book.co.kr

작가 연락처 문의 ▸ ask.book.co.kr
작가 연락처는 개인정보이므로 북랩에서 알려드릴 수 없습니다.

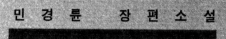

민경륜 장편소설

우리는 시지프스 나라로 간다

잊혀진 순간, 존재하지 않은 사건이 된다.

그것을 잊지 않기 위해

그분들을 잊지 않기 위해.

목차

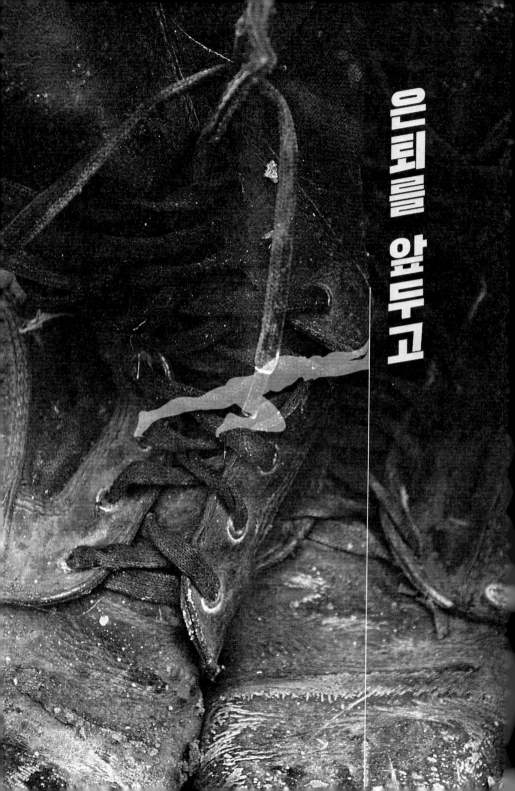

인터뷰를 앞두고

우리는 청소한다, 고로 존재한다.

내일 지구가 멸망하더라도 오늘 우리는 계단을 쓸고 닦을 것이다.

　그는 사무실 오른쪽 벽에 걸린 액자 속, 힘 있는 궁서체 붓글씨로 쓰인 사훈과 경영 이념을 올려다보았다. 그가 어느 해엔가, 시청 어린이날 행사에 갔을 때 가훈 써 주는 할아버지께 막걸리 값을 드리고 부탁해서 받아와 표구한 것이다.

　할머니 시대에나 유행했을, 구닥다리 냄새가 물씬 풍기는 액자에 눈길이 멈춘 방문객들은 미소를 띠며, 너무 식상하고 거창하다고 핀잔을 주기도 한다. 하지만 회사 성격을 잘 대변하고 있고 직원들 모두 마음에 들어 하는 편이니, 그럴 때마다 그는 웃고 만다. 앞으로도 고칠 생각이 없다.

치워도 나오고 치워도 나오고 치워도 나오는 쓰레기. 유례없이 풍요를 구가하며 최첨단 문명을 향유하는 현생인류의 복락福樂을 위해 필수 불가결하게 배출되는 폐기물과 부산물을 치워야 하는 일. 그들이 하지 않으면 다른 누군가가 반드시 해야 할일! '㈜크린마스터'는 바로 이 쓰레기를 치우고 청소하는 사람들의 집단이고 조직이며 업체다. 집단이라고 해서 뭐 대단한 건 아니고 고작 여남은 명밖에 되지 않은 인원이지만, 직업의식이 투철할 뿐만 아니라 청소의 대가들이자 베테랑들이다. 그는 이 회사의 대표이사이자 청소부다.

청소는 오염된 장소와 위치, 정도와 형태, 대상과 소재, 쓰레기의 종류와 범위에 따라 수십 가지의 청소 방법과 처리 방식이다르게 나타난다. 따라서 청소 사업 분야, 다른 말로 '비즈니스모델' 역시 무궁무진하다. 잔인하고 비인도적인 표현일지 모르지만, 그들은 사람도 청소해 준다. 그렇다고 해결사─다른 말로 킬러─는 아니고, 범죄 현장이나 사고 현장의 시신을 수습하고 유품을 정리해 주는 특수 청소업을 말하는 것이다. ㈜크린마스터는 바로 그 분야의 전문 기업이기도 하다.

그가 내세우는 '학설' 하나가 있다.

청소는 대개 쓸고 닦고 털고 문지르는 행위를 반복한다. 그 대상이 깨끗해질 때까지! 사람이 어떤 행위를 단순히 계속하다 보면 어느 순간 무념·무상·무심의 상태에 이를 때가 있다. 청소할 때도 그렇다. 아마 같은 동작을 일정하게 반복하기 때문일 것이다. 큰 빌딩이나 호텔, 백화점, 대단지 아파트의 복도와 계단을 직업적으로 청소하는 경우는 특히 더 그렇다.

청소에서 가장 빈번한 동작은 '닦는' 동작이다. 닦는다― 그의 견해에 따르면, 이 단어를 다른 어디에선가 많이 들었다면, 종교적 또는 정신적인 영역이었을 것이라는 것이다. 가령 도道에 이르기 위해, 즉 득도得道를 위해 수행하는 행위에도 '닦는다'는 표현을 쓴다. 이를테면 "도 닦는 마음으로 견딘다.", "도 닦는 중인가?", "도 닦는다고 생각하지 뭐!" 이런 식이다.

여기서도 '닦는다'는 표현이 등장하는 바, 이는 마음을 닦고 정신을 수양한다는 뜻으로 읽힐 것이다. 그러니까 청소할 때 '닦는' 동작과 득도를 위해 '닦는' 수행이, 공히 '닦는다'라는 공통적인 행위로 수렴하고 있음을 알 수 있다. 이를 근거로 그는 청소와 도가 다르지 않다고, 즉 청소하는 일은 곧 도를 닦는 일이라고, 순박하면서도 얼토당토않은 추리推理를 자신이 세운 학설이라고 우긴다.

그의 주장에 오류와 비약이 있는지 모르지만 정리하면, 청소할 때 대체로 같은 동작을 반복하고, 같은 동작을 반복하다 보면 무념·무상·무심의 상태에 이르고, 무념·무심의 상태가 곧 몰아沒我, 즉 자신을 자각하지 않는 경지를 말하는 것이니 이게 바로 도 혹은 해탈이 아니고 무엇이겠냐는 것이다. 정말로 심각한 논리의 비약일까? 그러거나 말거나 그는 오늘도 여전히 묵언수행 하는 마음으로 땀 흘리며 청소를 한다.

그는 재미있는 에피소드 하나를 떠올린다. 오래 전에 국회의원이 된 청소부가 있었다. 그분은 등원하기 전에 동료 당선자들 전원에게 빗자루를 하나씩 선물했다는 것이다. 왜 그런 선물을 했는지는 알 수 없다. 그러나 '국회의원 여러분, 국사國事를 논하기 전에 먼저 당신들 마음부터 깨끗이 쓸어라.'라는 뜻으로 선물했을 것이라고 그는 추측한다. 만일 그런 뜻으로 청소 도구를 선물한 것이라면 정말 적절한 선물이었다고 여긴다. 정치인들이 깨끗해지면 이 땅은 더 깨끗한 나라가 될 테니까.

한편, 같은 청소라도 자신이 기거하는 방을 치우는 청소와, 청소부가 대가를 받고 하는 청소는 성격이 전혀 다르다. 전자는 일상의 일과 중 하나지만 후자는 바로 직업이 된다. 청소가 직업적인 행위로 넘어가면 세상에서 가장 밑바닥 일, 바로 천한 일 중에 하나로 둔갑하며, 청소부는 비천하고 멸시받는 직업의 하나가 된다. 과연 청소와 청소부가 천하며 멸시받을 일이고 직업일까?

사실 사람들은 그동안 청소부의 역할과 희생을 평가절하 해 왔다. 그가 이 업에 종사하고 있어서가 아니라, 정말로 청소는 다른 어떤 일이나 직업보다 가치 있고 숭고한 일이라고 단언한다. 그는, 자신이 읽었던 책 중 청소부의 귀한 가치와 위대한 점을 높이 산 소설 하나를 떠올렸다.

80년대 중후반인가? 공전의 히트를 했던 「성자가 된 청소부」라는 단편인데, 아마 오십 고개를 넘긴 사람이라면 기억이 새로울 것이다. 철저한 계급사회였던 인도에서 최하위 계급인 불촉천민의 한 청소부가 성자聖者가 되는 이야기다. 그런데 이 소설을 보면, 인도에서는 청소부를 '최고 위대한 사람'을 뜻하는 '마하타르mahatar'라고 부른다고 한다. 이것은, 청소라는 일은 위대한 일이고 그 일에 종사하는 청소부 또한 위대한 사람이라는 것이다. 왜냐하면 이들이 없으면 도시 전체가 쓰레기 대란에, 쓰레기 지옥으로 변할 테니까.

그리고 보니 인도도 청소부가 가장 낮은 계급이라는 점에서, 청소부라는 직업이 후대로 계승된다는 점에서 우리나라와 큰 차이가 없어 보인다. 아직도 그런 계급적인 전통이 유지되고 있는지 알 수 없으나 인도는 과거로부터 제도화된 편이고, 우리나라는 그런 제도는 없으나 점점 악화되고 있는 소득 불평등 구조, 이름하여 '수저계급론'을 상기해 볼작시면, 그런 일이 일어날 공산이 크다는 점에서 크게 다르지는 않은 것 같다.

그렇지만 인도에서는 청소부가 '마하타르', 위대한 사람이라고 불리는 반면, 우리나라에서는 그런 존경의 개념은 없고 괄시와 무시의 대상이 되는 경우는 종종 있는 것 같다. 우리나라의 수

많은 빌딩, 호텔, 백화점, 공공 기관, 아파트 단지에서 종사하는 청소부의 대다수는 오륙십 대 여성들이고, 비정규직이며, 저임금 단기 근로자들이다. 용역 업체나 외주 업체들이 비정규직의 정규직 전환을 회피하기 위해 쪼개기 계약을 하고 있기 때문이다. 그러다 보니 파견 용역직인 청소부들의 인권과 노동권이 제대로 보호받지 못하는 경우가 허다하다.

그는 언젠가 인터넷에서, 서울대학교에 청소부용 휴게실이 없어서 청소부 아주머니들—업계에서는 이분들을 '여사님'이라고 칭한다—이 장애인 화장실 바닥에 호일을 깔고 식사를 한다는 기사를 읽은 적이 있다. 청소부 휴게실 정도는 교수와 학생과 교직원이 차지하고 있는 공간을 조금씩 양보하면 될 일 아닌가? 운동장만 한 넓은 공간이 필요한 것도 아니고. 천재지변 재난 상황도, 전시戰時도 아닌데 화장실에서 식사를 하게 하다니?

혹시 총장의 어머니나 아내가 청소부였어도—물론 총장의 어머니나 아내가 청소부일 리도 없겠지만—그랬을까? 그가 보기에 이것은 천민자본주의와 사농공상의 계급의식의 전형을 보여 주는 일이다. 몇 년 전의 일이었으니 지금쯤 개선되었을까? 아마 개선되었을 것이다. 하지만 이런 대접을 받고 있는 청소부는 우리나라 어딘가에 아직도 적지 않게 있을 것이다.

더구나 청소부를 후려 패는 일도 있다. 청소부를 때리는 사건은 밖으로 드러나지 않아서 그렇지 여러 국가에서 비일비재할 것이다. 다른 사람 같으면 관대하게 넘어갔을 사소한 실수조차, 청소부 따위니까 후려 패는 것 아닐까?

그가 읽었던 기사에 따르면, 중국 간쑤성 란저우시의 오십 대 여성 청소부가 길가에서 배변을 하려는 개를 막으려다 개 주인으로부터 폭행을 당한 일이 있었다. 개 주인은 젊고 돈 많은 사람이었는데, 애완견 용품점 앞에 묶어 둔 자신의 개를 만지는 청소부를 보고는 뛰쳐나와 폭행했다는 것이다. 이 남성은 "당신 인생보다 내 강아지가 더 가치 있다!"라고 소리치며 청소부를 무시했다 한다.

말하자면 '청소부 따위가 감히 내 강아지를?' 도저히 용납할 수 없는 일이라는 뜻이다. 한마디로 '개만도 못한 게 청소부'라는 것이다. 이 돈 많은 젊은이는 나중에 청소부에게 사과를 하고 배상을 했다고는 하지만, 사람을 마구잡이로 때리고 나서 '깽값'이라며 안하무인식으로 돈을 휙— 던져 주었을 것만 같은 느낌을, 그는 지울 수가 없다. 세상에! 사람이 개만도 못하다니.

그는 그런 사람에게 딱 맞는, 이천백여 년 전 로마 황제 시저가 속국의 사신들에게 했던 점잖은 충고가 기억났다. 하지만 그 사람은 서양인이고, 난동 부린 자는 중국 젊은이였으니… 같은 동포 중에서는 누가 있을까? 마침 이천오백 년 전에 가르침을 준 분이 떠올랐다.

옛날에 공자님이 잠시 관직에 있을 때 마구간에 불이 났다. 퇴

청을 한 공자는 사람이 다치지 않았느냐고 물었지만 말에 대해선 묻지 않았다. 이 한심한 공자님, 아니 마구간에 불이 났는데 사람의 안녕을 왜 물어? 우물가에서 숭늉 찾기네? 그 당시 말은 지금의 자동차보다도 훨씬 중요한 교통수단이었다.

지금은 자동차, 비행기, KTX, 전동 퀵보드, 세발자전거 등등 다양하지만 그 당시는 거의 유일한 육상 교통수단이 말이었다. 지금의 개보다 훨씬 중요한 동물—지금도 값이야 말이 개보다 훨씬 비싼 동물이지만—이었다. 그렇게 중요한 말이야 죽든 말든 안중에도 없고, 공자님은 사람의 안전부터 물었던 것이다. 이를 두고 후대 주희朱熹는 사람을 동물보다 귀하게 여긴 이치가 이와 같다고 해석을 했다 한다. 그게 바로 인본주의 아니겠는가, 하고 그는 생각했다.

그렇다고 그가 개는 무시하고 폭행해도 된다고 생각하는 것은 아니다. 개도 개의 생명을 가졌으니, 개가 가진 가치만큼 개를 아끼고 사랑해 주면 된다. 그런데 개의 가치가 아무리 높다 한들 사람의 그것과 어찌 비교할 수 있겠는가? 위대한 사람의 사상과 이념조차도 인간 개개인의 인격과 존엄성 위에는 군림할 수 없는데 말이다.

조금 전 소설로 다시 돌아와서, 그 소설의 주인공인 청소부 자반은 마약중독자에서 성자가 된다. 베푸는 삶을 통해 주인공이 성자가 되는 과정을 보여 준다. 청소부라서 성자가 되는 것은 아니지만 청소를 함으로써 베푸는 삶을 깨닫고 사욕을 버리고 희생과 헌신으로 성자에 이른다는 것이다.

사람은 정지된 상태에서보다 움직이는 과정에서 빛나는 아이디어와 깨달음을 얻을 때가 많다. 수일, 수개월을 걷는 중세 유럽 수도사들의 성지순례나 동양 불가佛家의 탁발승들의 수행도 이런 연유에서 비롯된 것 같고, 서양 비판철학의 정수를 보여 준 칸트의 산책 습관에서도 이 점을 찾을 수 있을 것 같다.

이는 에너지의 사용과 이동이 있을 때 정신 활동이 활발해져서 그런 게 아닌가 싶다. 그는 청소 또한 그러하다고 본다. 몸을 끊임없이 움직여야 하는 노동이니까! 어찌 보면 진리란, 말이나 글로 배우는 게 아니라 몸으로 치대는 과정에서 체득되는 깨달음이 아닌가 하는 생각이 들기도 한다. 불가佛家의 불립문자不立文字 역시 이를 두고 하는 말 아닐까? 그래서 그는 직원들에게 종종, 청소는 성자로 인도引導하는 수행의 길이라고 말한다. 도를 닦듯, 수행을 하듯 청소를 하다 보면 자신도 모르게 어느덧 성자가 되어 있을 것이라고!

그러니 혹시 직장이나 가정에서 주변을 깨끗이 치우는 청소부나 길거리에서 매일 쓰레기 수거 통을 끌고 다니는 청소부가 있다면 그들을 잘 관찰해 볼 일이다. 언젠가 정말로 성자가 되어 나타날지도 모르는 일이니까.

그리고 보니 직장인들에게 청소부는 우렁각시 같은 존재가 아닌가 싶다. 일을 마치고 너저분한 채로 퇴근했다가 아침에 깨끗이 치워진 책상을 볼 때 그 고마움은 크다. 눈에 안 보이다가 필요할 때 도움을 주는 우렁각시. 총각들에게는 더할 나위 없이 환상적일 테고 이런 비서 하나쯤은 곁에 두고 싶지 않겠는가? 반대로 미혼 여성들에게도 우렁총각이 있으면 좋으련만, 쯧쯧…. 전래 동화에는 이런 인물이 도대체 등장하지 않는다는 데 생각이 이르자, 그는 좀 아쉬웠다.

그도 예전에 직장생활 할 때는 청소부의 존재를 전혀 의식하지 않았다. 그 자리 그곳에서 늘 말없이 있어서 그랬는지도 모른다. 출근해서 책상에 놓아둔 서류나 메모가 안 보여서 아주 가끔 그분들을 찾아 확인할 때 외에는 의식해 보지 않았다. 투명 인간이거나 다른 계층의 사람일 거라고 여겼다.

그런데 팔자에도 없는 청소 일을 하게 된 것이다. 그것도 이미 십일 년째 하고 있다. 인생이란 참 알 수 없는 길로 접어들게 하는 얄궂은 그 무엇이다. 이 직업을 예상보다 오래 붙잡고 있다는 것 또한 그렇다.

토요일 오후, 그는 우두커니 혼자 사무실을 지키고 있다. 그가 낡은 오디오를 틀자 「가브리엘의 오보에Gabliel's Oboe」가 중간쯤부터 흘러나온다. 오보에의 가늘고 높은 음색이 사무실을 적신다. 지금 창밖은, 성근 눈발이 휘날리고 마귀할멈 젖꼭지가 얼어붙을 만큼 추위가 매섭다. 뉴스에서 이십 년 만의 추위라고 떠든다.

이 겨울이 지나고 봄이 오면 그는 이 바닥을 떠날 예정이다. 코로나19가 덮쳤던 지난해 회사 매출이 반 토막 가까이 급감했지만, 그가 퇴직하더라도 직원들이 회사를 잘 꾸려 갈 것이라고 믿는다. 그들은 직업의식이 투철한 프로들이니까. 이 일을 그만두게 되면 그는 그동안 접었던 어린 시절의 꿈을 좇아 글을 쓰며 소일하고 싶다.

우선 청소 관련 서적을 내면 어떨까? 이렇게 가치 있는 청소를 체계적이고 과학적으로 정리한 책을 아직 보지 못했다. 청소의 범위가 너무 방대하고 잡다하고 중구난방이라서 학문적인 이론을 구축하기가 어렵기 때문일까? 청소를 이론적으로 정립한 『청소학』이라는 책을 내고 고등학교나 대학교에 청소학과도 개설해 보면 어떨까, 생각하면서 그는 혼자 웃었다. 건강이 허락해야 하고 돈도 좀 있어야 할 것 같기는 하지만. 어쨌거나 광범위한 청소 분야 중에서 그는 몇 가지 분야만 선택해서 청소를 업으로 하고 산다.

다시 말하지만 그는 청소가 자신의 업이 될 줄은 꿈에도 생각지 않았다. 여기 '꿈에도 생각지 않았다.'라는 표현은 '꿈에도 생각하지 않은' 비천한 직업이라는 뜻이 아니라 인생유전人生流轉의 신산함을 강조하고자 하는 말이다.

육십갑자를 다 돌고도 다시 몇 자를 더 돌고 나니 그의 몸도 예전 같지 않다. 해가 갈수록 손아귀에 힘이 빠지고 무릎이 푹 푹 꺾인다. 돌돌이를 밀고 당길 때 삑사리가 나기도 하고 온몸 이 딸려 가기도 하는 요즘, 돌이켜 보니 세상을 다 휘어잡을 것 같던 의기충천했던 젊은 시절에 그리던 노후의 삶은 온데간데없 고, 어떤 경우에도 상상하지 않았던 청소를 하고 있다는 점을 말하고자 하는 것이다. 홀로 서 있는 나목 같은 쓸쓸한 회한이 라고나 할까?

젊은 시절의 꿈과 목표를 이룬 사람은 다시없는 행운아다. 그보 다 훨씬 많은 사람들이 자신의 꿈과 목표에서 벗어나 엉뚱한 길에 서 후지고 비천한 일을 하고 있을지 모른다. 세상만사 모든 일이 내 뜻대로 된다면야 어찌 그리되었겠는가? 뜻대로 안 되는 게 세 상사! 세상살이가 그렇고 그러하니 후회 없는 인생 또한 어디 있 으랴?

허나, 그렇더라도 크게 실망할 필요는 없다. 그가 이 바닥에 있어 보니 청소부가 성자가 되기도 하고, 크고 작은 회사의 CEO가 되기도 하고, 국회의원이 되기도 한다.

제91회 아카데미 여우주연상을 수상한 올리비아 콜먼은 "나 는 한때 청소부로 일했다."라고 수상 소감에서 밝혔고, 아시아의 최대 부호인 홍콩 천쿵그룹 리카창 회장도 중학교 중퇴 후 청소 부로 일을 시작했으며, 인도 최대 호텔체인 오요OYO 창업자 리 테시 아가왈도 호텔 청소부였다. 이러한 경제적 직업적 상승이 비단 청소업계에만 국한된 일이겠는가? 다른 업계에서도 얼마든지 가능한 일 아니겠는가?

물론 그는 반대의 사례도 알고 있다. 중소기업 사장이나 대기업 임원, 지상파 방송국의 PD가 이 일을 하게 된 경우가 그렇다. 이 경우는 경제적 추락의 깊이가 너무 깊어 어떤 직업보다도 인생유전의 회한과 쓸쓸함 그리고 남루한 현실을 아주 깊게 느끼게 하는 예라고 할 수 있다.

강산이 한 번 바뀌고도 남는 세월 동안 호구지책으로 삼았던 이 업을 막상 떠나려 하니 그동안 있었던 일과 사건들, 만났던 사람들, 땀과 눈물 젖은 애환들… 켜켜이 쌓였던 시간들이 차창에 스치는 풍경처럼 떠올랐다가 가라앉는다. 착잡하고 아쉽다. 그래서 그는 그것들을 두서없이 적어 보기로 했다. 생각이 흐르는 대로, 펜 가는 대로, 형식에 얽매이지 않고…. 이런 식으로 정리하면 에세이는 아니지만 어떤 종류의 한 권의 책이 될 것 같기도 하다.

하여, 돌이켜 보니 그동안 곡절 있는 일들이 여럿 있었지만 세월이 지나도 유난히 그의 기억에서 떠나지 않는 사건 하나가 있다. 많은 사건 중에서도 매우 특별한 기억이다. 그는 그걸 먼저 소개할까―나머지 에피소드는 시간이 허락되면 그때 소개하겠다―한다.

그것은 고독사에 얽힌 한 사람의 이야기다.

㈜크린마스터가 고독사한 사람과 무연고자無緣故者의 유품 정리를 시작한 지 올해로 팔 년째 접어들었다. 일은 고되고 험하지만, 일하는 시간에 비해 수익이 다소 높은 편이라서 그가 뛰어든 것이다. 즉 단위 노동 시간당 수익률이 다른 청소 일에 비해 높고, 회사의 부업副業으로 이만 한 일이 없다. 그때나 지금이나 틈새시장이라서 일은 불규칙적이지만 수익으로 치자면 재미가 쏠쏠한 편이다.

팬데믹으로 직격탄을 맞아 우리 경제나 세계 경제가 다 망가진 작년에, 이쪽 고독사와 유품 정리 일거리는 오히려 더 늘었다. 불행한 일이지만, 코로나19마저도 가난하고 외로운 소외 계층에게 더 가혹한 시련과 더 큰 상처를 입혔던 모양이다.

코로나19가 덮친 이후 특징적인 것은, 이삼십 대의 고독사 현장을 청소하는 경우가 잦아졌다는 점이다. 이는 청년 고독사가 증가한다는 얘기다. 그가 보기에 이런 현상은 학교를 졸업하고도 코로나19로 취업 시장에 진입하지 못한 취준생이나, 취준생이 아닌 빈곤 청년들의 거듭되는 취업 실패에서 오는 사회적인 문제가 아닌가 싶다. '소도 언덕이 있어야 비비는' 법이다. 일을 하고 싶어도 일자리를 못 찾은 빈곤 청년들은 자기 몸뚱어리 하나도 스스로 건사하지 못한다는 자괴감에 빠져 극단적인 선택을 하는 것 같다. 과연 이들만의 잘못인가? 누구의 잘못인가? 국가는 책임이 없는가?

사실, 고독사와 무연고자 사망은 그 사회의 건강성의 척도라고 할 수 있다. 고독사가 많을수록, 증가 추세가 우상향右上向할수록, 그 사회의 건강성이 그다지 좋지 않다는 걸 방증하는 것—그래서 일본과 영국 같은 나라는 이 분야를 관할하는 장관까지 두고 있다—이다.

그는 생각한다. 빈곤한 청년들이 고립을 자초하는 이유는 무엇이고 도움조차 요청할 수 없었던 이유는 무엇이었을까? 외로움과 고독이 그들을 집어삼킬 때까지, 죽음의 악령이 그들을 덮칠 때까지 우리는, 우리 사회는 무얼 하였나? 우리는 이들을 위해 무엇이라도 해야 하지 않을까? 이들에게 도움의 손길을 내밀어, 힘들더라도 함께 가야 하지 않을까?

어쨌거나 이 일을 하면서, 필연적으로 많은 주검과 마주하게 된다. 짐작컨대 그는 장례사葬禮士와 법의학자法醫學者 다음으로 주검을 많이 만나게 되고, 그러다 보니 죽음이 던지는 의미를 때때로 곱씹어 보게 된다.

산 자들에게, 죽음은 삶을 연역演繹하는 거울이다. 빛이 어둠을 연역하듯. 우리가 죽음 앞에 서면 사는 게 뭔지, 왜 사는지를 돌아보고 새삼스럽게 자신의 현재를 짚어 보게 된다. 우리가 스스로에게 던지는 근원적인 질문들, '나는 누구이고, 어디서 와서 어디로 가고, 어떻게 살 것인가?' 하는 것은 역설적이게도 바로 '죽음'과 맞닿아 있음을 보게 된다. 생과 사는 결국 동전의 양면과 같다. 어찌 보면 우리는 항상 죽음과 동거 중이라고 할 수 있다. "문밖이 저승"이라는 말도 있지 않은가? 그리고 어떤 죽음은 남은 자들의 삶을 완전히 뒤집어 놓거나 사회를 변혁시키기도 하고, 새로운 세상을 가져오기도 한다.

그렇다 할지라도 생生, 우리 앞에 놓인 삶은 결코 은유적이지 않다. 절대적으로 실존적이며 직설적이다. 죽음 또한 그렇다. 결코 추상적이거나 관념적일 수 없다. 그런데도 우리는 그것을 관념적으로 생각한다. 하지만 그것은 엄혹한 실존적 조건이다. 그래서 그는, "대부분의 사람은 사람답게가 아니라 동물처럼 죽는다."라는 헤밍웨이의 말에 전적으로 동감하지만, 단언컨대 사람은 육체만 가지고 사는 게 아니다.

요즘은 애완동물이 죽어도 예의를 갖춰 묻어 주는 시대인데 하물며 사람은 말해 무엇 하랴. 사람이 아무리 홀로, 비루한 죽음을 맞았다 하더라도 애완동물의 그것과 비교할 수 있겠는가? 삼라만상 가운데 유일하게 자신의 필연적인 죽음을 의식하고, 자신과 우주를 인식하며 스스로 사유思惟하고 철학하는 존재였으니 남은 자들이 최대한의 예의를 갖춰 보내 드려야 하지 않겠는가?

그는 다시 한번 되뇌었다. "사람은 홀로 죽는다." 죽는 순간은 누구나 혼자다. 아무리 가족과 친구들에게 둘러싸여 임종을 맞는다 하더라도 사람은 오직 홀로 먼 길을 떠난다. 그러니 궁극적으로는 모든 죽음을 고독사孤獨死라고 할 수 있지만, 그 모든 경우를 굳이 다 고독사라고 부르지는 않는다. 우리가 특별히 고독사라고 이름을 붙이는 경우는 죽음을 맞은 후, 한동안 방치된 주검을 말한다. 즉, 죽음 직후 이어지는 존엄적이고 인간적인 조치가 취해지지 않고 시신이 한동안 버려져 있는 것을 말하는 것이다. 동물의 사체처럼.

이것은 어느 누군가 죽음을 맞을 때, 주변의 어느 누구도 임종을 지키지 않았다는 것을 의미한다. 이러한 죽음을 고독사라고 일컫는다. 다시 말해 죽음 그 자체가 외로운 것이 아니라, 그 누구도 모르는 죽음이 외로운 것이고 그것을 소위 고독사, 외로운 죽음이라고 하는 것이다. 다른 나라도 그렇지만 우리나라도 이런 고독사가 늘고 있는 추세란다. 옛날에는 고령 사회의 병폐라고 치부하였지만 그렇지 않다. 작금에는 노인이든 청년이든, 여자든 남자든, 연령과 성별을 불문하고 발견되고 있는 추세다.

고독사와 무연고자…. 그는 그들을 생각해 본다. 어느 누구도 찾지 않은 죽음을. 불행인지 다행인지 모르지만 그들의 죽음을 기억하는 사람이 없다. 그들의 죽음을 확인하거나 슬퍼하는 사람도 없고 그들이 죽었다는 것조차 아는 사람이 없다. 그들도 살아생전 부모, 형제, 자매, 아들, 딸 또는 이웃과 친구들이 있었을 것이다. 또한 그들도 아버지와 어머니였고 귀한 아들과 딸이었으며 형제와 자매였고 누군가의 이웃이었을 것이다. 그들이 살아생전 여러 사람들과 나눴을 기쁨과 슬픔, 고뇌와 환희, 미움과 사랑, 그리고 전 생애를 떠받치고도 남았을 한 조각의 행복한 순간도 있었을 것이다.

그러나 누구도 그것들을 기억하지 않는다. 어떤 연유인지 알 길 없지만 그 사람들과 교직交織했던 모진 인연의 끈조차 끊어 버리고 실낱같이 이어지던 그리움마저도 가슴속 깊이 묻고 떠났을, 그들의 칠흑같이 어둡고 처절했을 외로움을 그는 떠올려 본다. 이 광대무변한 우주 속에서 사람은 한낱 연약한 존재라는 것을, 해변의 모래알처럼 많은 세상의 관계 속에서도 사람은 결국 혼자 왔다가 혼자 가는 것이라는 걸 뼈가 저리게 느끼며 세상과 이별했을, 그 고독한 순간을 떠올려 본다.

그들이 남긴 유품들은 사무치게 그리웠고 또 외로웠을 그때 그 몸부림의 흔적들이 묻어 있는 것이라고 이해한다. 그들의 죽음에는 하나하나 사연이 있겠지만 그는 알 길이 없다. 다만 짐작하고 유추할 뿐이다. 그랬을 것이고 이랬을 것이고 저랬을 것이라고…. 그리고 저마다의 인생을 살다가 갔을 거라고. 저마다 자기 몫의 생을 걸어갔을 것이라고.

일찍이 사마천은 이렇게 갈파했다. "사람이란 본디 한 번 죽을 뿐이지만, 어떤 죽음은 태산처럼 무겁고 어떤 죽음은 기러기 깃털처럼 가벼우니 그 죽는 방법이—또는 그것을 사용하는 방법이—다른 까닭이다人固有一死 或重於泰山 或輕於鴻毛 用之所趨異

也." 이는 사마천이 「보임소경서報任少卿書」―일명 「보임안서」―에
서 했던 말이다.

익주지사 임안任安이, 친구인 사마천에게 편지를 보낸다. 한
말단 관리의 모함을 받아 사형을 당하게 된 자신의 억울함을
호소하며, 황제의 선처에 힘써 줄 것을 부탁하는 내용이었다.
편지를 받은 사마천이 그 청을 들어줄 입장에 있지 못하다는 서
글픈 처지를 설명한 답신이 「보임안서」―그해 겨울 임안은 허리
가 잘리는 요참형腰斬刑에 처해진다―다.

"태산홍모泰山鴻毛"는 여기서 비롯된 사자성어인데 무거운 죽
음과 가벼운 죽음, 죽음의 가치를 비유할 때 사용하기도 한다.
사마천은 『사기史記』 권 81 「염파인상여열전廉頗藺相如列傳」 말미
에 "태사공왈太史公曰―태사공은 사마천 자신을 이르는 말이다
―'죽음을 사양하지 않는 것은 용이다, 이는 죽음 자체가 어려
운 것이 아니라 죽을 곳을 제대로 택하는 것이 어렵기 때문이다
知死必勇, 非死者難也 處死者難.'"라고 말했다. 이로써 궁형宮刑―남
자의 국부를 자르는 잔혹한 형벌로, 당시 궁형은 사나이에게 죽
음보다 더 치욕스런 벌이어서 그 벌을 받은 사나이들은 자결을
택했다―을 당하면서까지 자결을 택하지 않고 『사기』의 완성을
위해 치욕스런 삶을 이어 간 용기와 그 이유를 드러내 보이고
있다.

그는 생각해 본다.

그렇다면 사마천이 말한 태산보다 무거운 죽음이란 무엇이고, 기러기 터럭보다 가벼운 죽음이란 무엇인가? 태산처럼 무겁지도, 기러기 터럭보다 가볍지도 않은 죽음은 없는 것인가? 그리고 그가 회상하고 있는 이 사람의 죽음은 과연 어떤 죽음인가? 과연 여기 이 사람은?

문재인 정부가 들어섰던 해? 아니면 한 해 전이었던가. 그의 회사에 잠깐 적籍을 뒀던 최찬호 씨가 입사한 지 두 달이 채 안 된 여름, 어느 날 오전. 그가 입주 청소 현장 지원을 후딱 마치고 회사로 들어서는데 핸드폰이 울었다.

—S 경찰서 생안과生安課 박수근 경삽니다. 무연고 사건 때문에 연락드렸습니다. 여기… 주인 되시는 분 잠깐 바꿔 드릴게요.

이런 사망 사건은 현장에 출동한 경찰이나 동사무소 직원이 협회 연락처를 보고 전화를 주기도 한다. 잠시 후 늙은 아주머니의 탄력 없는 목소리가,

―여기 청소 좀 부탁하려고요.

―아, 네. 몇 평입니까?

―오 평 단칸방인데 얼맙니까?

가늘고 약하면서도, 황당한 일을 당한 듯한 목소리였다. 평수를 엉뚱하게 말하는 경우도 드물게 있다. 막상 그가 현장에 가 보면 주인이 말한 평수의 두 배에 이르는 곳도 있다.

―정확한 견적은 현장을 보고 말씀드리겠습니다.

요즘에는 일부 구청의 재정적인 지원을 받아 처리하기도 하지만, 그때까지만 해도 이런 청소비는 대개 주인들이 세입자, 즉 사망자의 남은 보증금으로 충당한다. 남은 보증금이 충분하면 문제없지만, 보증금을 다 까먹고도 몇 달 치 월세까지 못 받고 있던 주인은 정말 난감해한다. 그런 주인은 청소비가 턱없이 싼 일반 청소업자에게 의뢰하지만, 얼마 못 가 후회하거나 다시 그의 회사 같은 업체에 재처리를 의뢰하기도 한다.

오래 방치된 현장일수록 악취 제거와 청소는 어려워진다. 시취屍臭가 방에 배고 시신에서 흘러나온 부유물과 체액이 들러붙거나 침습浸濕된 곳은 일반 소독약과 세제 락스로 청소한다고 냄새가 제거되는 게 아니다. 아무리 환기시켜도 야릇하고 역한

냄새에 절어 그 방을 수개월 세를 놓지 못하는 곤란함을 겪는
다. 이 주인은 세입자가 남긴 보증금이 충분했는지,

　—몇 시에 올 수 있죠?
　—서울이죠? 무슨 동인가요?
　—모래내요.

　한다. 그가 시계를 보니 열한 시를 막 넘겼다. 점심시간이 끼
어 있지만 서울 남서쪽에 있는 이 도시에서 서울 모래내는 그의
회사네 영업 구역이나 다름없다.

　—오후 한 시 반까지 도착하겠습니다. 주소를 불러 주시겠습니
까?

　주소를 다 부른 아주머니께서,

　—청소 시간은 얼마나 걸리나요? 대충?
　—일일이 말씀드릴 수는 없고, 현장을 보고 말씀드리겠습니
다. 죄송하지만 경찰관님 잠깐 바꿔 주시겠습니까.

　그는 현장 상태를 대충 파악하기 위해,

―경사님, 죄송한데요. 얼마나 됐습니까?

―감식반에서 삼 주가 넘었을 거라네요.

―네, 감사합니다. 수고하십시오.

하고 끊었다. 몇 년 만의 폭염이 연일 계속되었다. 올여름 들어 벌써 고독사 현장은 일곱 번째다. 어떤 때는 하루에 두세 번씩 문의 전화가 오기도 한다. 시신을 수습하려면 염습殮襲을 해야 하므로 장례사 자격을 가진 박 이사가 가야 하지만, 이 현장은 시신 수습이 끝났으니 굳이 박 이사가 가지 않아도 된다. 하지만 그는 최찬호 씨만 데리고 가기에는 불안하다. 이런 현장에 첫 투입이라서 일 처리와 속도를 장담할 수 없다. 또 최찬호 씨가 현장을 보는 순간 기겁을 하고 도망칠지도 모를 일이다.

그도 고독사 첫 현장에서 기겁한 경험이 있다. 박 이사와 처음으로 갔던 현장이었다. 방문을 열자 뜨겁고 강렬한 악취와 비린내에 숨이 턱 막히고 아찔해 바닥에 털썩 주저앉고 말았다. 밖으로 나와 한동안 숨을 돌려야 했다. 최찬호 씨가 적이 걱정되는 이유이기도 하다. 다른 직원들은 이미 다른 현장으로 투입돼 세 사람뿐이니 할 수 없다.

―최찬호 씨, 오후에 특별한 현장을 좀 갑시다. 자신 있어요?

―해 보죠, 뭐.

통화를 듣고 이미 짐작했는지, 일의 내막도 묻지 않고 그까짓
것 특별할 게 있겠냐는 표정이다.

―청소 방법은 좀 숙지했나요?
―네. 어느 정도는요. 사장님 따라 하고 사장님 시키는 거 하
면 되지요, 뭐.

저만치 작업장에 떨어져 있는 박 이사를 향해 그가 소리를 높
여,

―박 이사! 급한 거 있어요? 없으면 점심 먹고 박 이사도 같이
갑시다?
―좋지요.

최찬호 씨와 그가 청소 장비들을 더블캡에 싣고, 박 이사는
하던 매트 청소를 후다닥 마무리 짓고 이른 점심 식사 후 셋이
출발했다. 박 이사가 운전대를 잡았다. 도로는 차량과 태양의
열기로 이글거렸다. 차가 큰길로 들어서자 박 이사가 묻는다.

―사망 시점은요?

―삼 주가 넘었대.

그가 답했다.

―바닥을 까야 할지도 모르겠네요?
―까야 한다면 오늘 까 두고, 미장하고 도배는 내일 해야지
뭐. 일단 현장 보고 결정하자고.
박 이사가 고개를 돌려 젊은 최찬호 씨를 힐끗 본 후, 일머리
를 모르는 최찬호 씨가 사뭇 염려스러운지,

―최찬호 씨는 오늘 처음이지요?
―네. 걱정 마세요. 아무리 현장이 험해도 다 사람이 하는 일
일 텐데요 뭐.

박 이사가 짐짓 정색하며,

―오, 자신 있어요? 입빠른 소리하다가 큰코다쳐.
―이사님, 걱정 붙들어 매세요. 이래 봬도 공병工兵 출신 아닙
니까, 공병! 이런 일에 겁먹을 최찬호가 아니지요.

박 이사가 걱정을 덜고자 하듯이,

—이건 보통 험한 일이 아니다. 정화조 속에 들어가 벽에 붙은 똥물 씻어 내는 것보다 더 험한 일이야.

—똥 한 바가지 뒤집어쓴다고 생각하죠, 뭐.

삼십 대 중반인 최찬호 씨는 상당히 의욕적이었다. 입사 후 몸 사리는 일 없이 적극적이었다. "비키십시오. 이런 일은 막내가, 막내가 하는 겁니다." 하며 넉살을 떨기도 하고 "사장님, 이런 것쯤이야 저한테 맡기십시오. 제가 모조리 처리하겠습니다." 라며 오버하는 듯한 힘자랑을 하기도 했다.

그러던 최찬호 씨도 결국 네 달을 못 버티고 퇴사하고 말았다. 회사에서 두 차례 면담까지 마쳤는데도 오래 견디지 못했다. 젊은 사람들한테 이 일은 그렇게 만만한 직업이 아니라는 뜻이다.

차는 사 차선 대로에서 주택가로 접어들어 좁은 길을 백오십 미터 정도 들어가 좌우로 몇 번 선회하더니 내비가 가리키는 곳에서 멈췄다. 박 이사는 큰길—소형 승용차 두 대가 겨우 비켜 다닐 너비이지만 이 동네에서는 비교적 큰길에 속했다—허름한 담 옆에 바짝 붙여 화물차를 세웠다.

도로변으로 작은 옥상이 딸린 맞배지붕의 일 층 단독주택이 보였다. 일 층은 붉은 벽돌로, 반지하는 콘크리트로 지은 집이었다. 한눈에 봐도 움푹움푹 파이고 듬성듬성 깨진 붉은 벽돌들이 오래된 건축 연한을 말하고 있었다. 특히 낡은 대문은 더욱 그런 확신을 줬다.

서둘러 와서인지 한 시 반이 안 된 시각. 주인에게 전화를 걸었다. 전화를 받은 사람은 아주머니였는데 정작 현관문을 나온 사람은 칠십 대 초로 보이는 키 작은 남자 노인이었다. 일 층에서 네 개의 계단을 내려와, 아래 귀퉁이 양쪽이 다 부식된 대문을 끼기긱 열고 나와서 그와 박 이사, 최찬호 씨를 확인한 후 조용히 주택 뒤꼍을 가리켰다. 그리고 잘 열리지 않는 철 대문을 다시 끼기긱 힘주어 열고 들어가며 그들을 뒤세우고 인조대리석 테라스 앞을 지나 뒤꼍으로 갔다.

이런 사망 사건이 있으면 대개 주인들은 쥐도 새도 모르게 조용히 청소를 마치길 원한다. 이웃이나 동네에 알려지면 방이 잘 나가지 않기 때문이다. 그래서 청소하는 동안, 창문을 여는 것도 출입을 자주 하는 것도 싫어하는 주인도 있다.

그리고 고인에 대한 불만을 터트리기도 한다. "아, 뒈져도 왜 여기서 뒈져. 에이, 재수에 옴 붙었어!", "왜 하필 여기냐고? 똥 밟았네 똥 밟았어.", "재수 없게 생겨서, 방을 안 놓으려다 놨더니 이게 뭔 꼴이여." 마치 그들이 고인이거나 고인의 친척이라도 되는 것처럼, 그들 면전에서 욕을 해 댄다.

반면 가타부타 아무 말 없이 다 치우기를 기다리는 사람도 있고, "험한 세상 만났으니 저승에서는 영생복락 하시라.", "나쁜 세상 잊어버리고 부디 저승길 편히 가시라.", "다음 세상 좋은 데서 좋은 인연 만나시라." 하고 동정 어린 명문冥文을 전하는 사람도 있다.

주인은 반지하 세 개의 흑갈색 알루미늄 문 중에서 가운데 문을 가리키고는 냄새를 피해 얼른 자리를 떴다.

—고인은 얼마나 사셨나요?

박 이사의 뜬금없는 질문이 노인의 발걸음을 돌려세웠다. 노인은 미간을 약간 모으더니,

—글쎄, 한 이 년이 넘었나? 삼 년인가?

얼른 가늠이 안 되었던지 노인은 조금 퉁명스러웠다.

—어떻게 알게 되셨지요? 어르신께서?
—옆방 김 씨가, 냄새 때문에. 며칠 전부터 자꾸 고약한 냄새가 난다고 해서.

건조한 답변이 돌아왔지만, 평소 같지 않게 박 이사의 질문은 계속되었다.

—내왕하는 사람이 없었나 봐요? 뭘 하시는 분이셨죠?

—음, 주차 관련가 대리운전을 한다고 하는 것 같던데…. 우리도 거의 못 봐. 며칠씩 집을 비우는 것 같기도 하고, 워낙 조용한 사람이라서.

한 번 더 질문했다가는 노인이 화를 낼 것 같아서인지, 박 이사는 질문을 멈췄고 주인은 노구老軀를 돌려 걸음을 옮겼다.

땅 아래 콘크리트 계단을 내려서자 비릿하고 시큼한 시취는 더욱 심해졌다. 알루미늄이 터서 희끗희끗 소금꽃이 핀 겉문은 아래쪽 장석이 빠진 채, 입구를 비스듬히 막고 있었다. 대략적인 현장 확인을 위해 마스크와 의료용 장갑을 끼고, 덧신을 신고, 겉문을 제치고 방문을 열었다.

이미 경찰과 119 대원에 의해 방이 한번 개방되었던 방이지만 더운 공기와 섞인 구리고 썩은 악취가 뜨거운 물을 끼얹듯 얼굴로 확 달려든다. 그는 습관대로 고개를 돌려 뒤로 젖히고 잠시 심호흡을 한 후 진입했다.

단칸방이었다. 출입구 쪽에서 보자면 한 쌍의 창문이 정면에, 그 오른편으로 싱크대와 가스레인지 그리고 책상과 침대가 순서대로 있고, 왼편으로 수납장과 비키니 옷장과 소형 냉장고가 벽에 붙어 서 있으며, 그 뒤로 화장실 문이 보였다. 책상 위에 제법 두툼한 책들이 가지런히 놓였는데 실용서와 수험서가 대부분이었고, 철학서와 문학서도 몇 권 보였다. 자격증 시험을 준비했던 모양이다.

이런 현장은 어디나 난장판이다. 살림살이가 뒤죽박죽 헝클어져 제멋대로 나뒹군다. 물건들은 켜켜이 쌓이고 엉겨 붙어, 쉽게 들리지 않을 정도로 떡이 되어 있기도 하다. 시신 감식과 수습을 위해 들어온 경찰과 장의사의 발자국들이 흩어지고 뒤엉키고 널브러진 물건 위에 여기저기 찍혀서, 쓰레기 하치장이나 다름없다. 사람들이 명줄을 놓을 때쯤 되면, 되는 대로 사는 모양이다. 청소도 빨래도 설거지도 하지 않은 그대로 세상을 떠나, 옷이며 신발이며 생활 도구들이 제멋대로 놓여 있는 게 보통이다.

그런데 이곳은 비교적 반듯하고 양호하다. 누군가 정리를 해 둔 것처럼 살림살이가 거의 다 제대로 놓여 있었다. 현장이 크게 난삽하지 않지만, 현장이 난삽하지 않다고 이들의 일이 줄어드는 건 아니다. 앞서 경찰이 무연고자라고 하는 걸 보니, 고인은 언제부턴가 마음의 준비를 하고 주변 정리를 한 것이라고 할 수 있다. 연고가 될 만한 것들을 모조리 없애 버리는 거다.

지상에서 고인의 마지막 만찬이 소주였는지 밤색 사각 나무 소반 위에 녹색 소주병 세 개와 잔 하나가 놓여 있고, 소반 위쪽의 왼편 방바닥에는 착화탄이 담긴 둥근 접시가 여러 개 줄지어져 있다. 먼발치에서 보니 마치 달 분화구 사진을 연상시켰고 헤아려 보니 일곱 개였다. 목숨을 끊는 데 필요한 것 이상으로 많은 수량이었다. 그는 문득, 실패를 염려해 잔뜩 피웠을 것이라는 생각을 하는 자기 자신에게 놀랐고 어쩐지 고인에게 죄스럽기까지 했다. 한 잔 두 잔 소주를 비우면서, 일곱 개의 착화탄이 뿜어내는 일산화탄소를 들이마시며 잠을 청하듯 세상과 이별했을 것이다.

내부 온도가 오십 도에 육박하는 날씨의 이런 현장에 구더기와 번데기, 파리 떼가 들끓을 것은 의심의 여지가 없다. 다만 싱크대 아래 하수구까지의 침습 여부를 확인할 필요가 있었다. 하수구를 살피기 위해 박 이사가 최찬호 씨의 도움을 받아 싱크대 아래 장판을 들어 올리자 수십 마리의 크고 작은 바퀴벌레가 화들짝 놀라 떼 지어 달아난다. 상태는 양호했다. 여기서 양호하다는 말은 청결하고 깨끗하다는 뜻이 아니라 침습이 없다는 뜻이다.

그와 박 이사는 화장실을 한번 둘러보고 밖으로 나왔다. 박 이사가 일 층 주인을 불렀다.

지금의 장판과 벽지는 모두 제거해야 함, 방 안에 있는 모든 물건은 폐기해야 함, 다만 싱크대와 전자레인지와 소형 냉장고는 재사용이 가능하나 그 여부는 주인이 선택할 문제, 작업 시간은 이틀이며 오늘 일 차 청소를 끝내고 하루 밀폐시킨 후 내일 도배하면 작업이 완료된다는 점을 주인에게 설명한 후, 청소

비용을 확인받고,

―폐기물 처리비는 별돕니다.

라고 하자 노인은 별 반응을 보이지 않으며,

―싱크대와 전자레인지는 재사용하는 걸로 하고, 그렇게 해주세요.

한다.

박 이사가 최찬호 씨에게 작업 시 주의 사항과, 순서가 바뀌지 말아야 할 몇 가지를 일러두고 방진 마스크와 보호복, 의료용 멸균 장갑과 덧신까지 완전한 장비를 갖춰 현장으로 진입했다. 벌써부터 땀방울이 목과 가슴을 타고 비 오듯 쏟아진다. 최찬호 씨가 먼저 핸드폰을 꺼내 사진을 몇 장 찍고, 소반 위에 대구포와 술잔을 따라 놓고 향을 피운 뒤 묵념을 했다. 누구인지, 어떤 분인지 알지 못하나 두 손을 모으고 편안한 저승길을 경건하고 엄숙하게 빌었다.

묵념이 끝나자 방구석에 수만 마리가 뒤엉켜서 꿈틀거리는, 멀리서 보면 마치 움직이는 미색 양탄자 같은 구더기 떼를 비롯해 파리 떼와 해충들을 제압하기 위해 디클로르보스와 친환경

살충제를 충분히 살포한 후, 밖으로 나온 박 이사와 최찬호 씨는 담배 피울 시간을 가졌다. 마스크를 벗고 담배를 입에 문 박 이사가 최찬호 씨에게,

—냄새 향기롭지?

—죽이네요.

—어때? 잘할 수 있겠어?

—걱정도 팔자십니다. 그런데 이사님, 싱크대는 버려야 하지 않을까요? 아주 낡은 데다가 안쪽 다리 하나가 부러져 그동안 벽에 기대어 사용했더라고요?

—아니야, 그거 그대로 쓸 거야. 청소 끝나면 싱크대 하부에 베니어판 하나 덧대고 다리 새걸로 부착시켜서 고쳐 주자고.

박 이사가 대답했다.

곧 다시 진입해 창문을 활짝 열고 바닥에 떨어진 새까만 파리 시체와 구더기와 검붉은 번데기를 빗자루로 쓸어 담는 것으로 본격적인 작업을 시작했다. 책상 서랍과 수납장과 비키니 옷장이 열려 있고 물건들이 헝클어진 건 아마 경찰이 신원 파악을 위해 뒤진 흔적일 것이다. 혈흔과 체내 부유물이 장판에 말라붙어 있는 걸로 보아 고인은 방바닥에 누워서 생명의 마지막 끈을 놓았던 모양이다.

서랍장과 나란히 서 있는 비키니 옷장의 횃대에 걸려 있는 겨울 양복 한 벌과 점퍼와 바지, 봄옷 몇 가지가 그의 단출했던 생활을 말해 주었다. 비키니 옷장 아래에는 덩치가 커서 서랍장에 담을 수 없는 담요와 두꺼운 겨울옷을 포개어 쌓아 두었던 것 같은데, 이미 경찰이 헤집어 놓아 옷걸이에 걸린 옷이며 아래 쌓인 옷이며 제멋대로 흩어져 있었다. 그는 그런 옷들을 몽땅 걷어 대형 봉투에 넣고 아래 있던 담요와 두꺼운 옷들도 봉투에 쓸어 담았다.

그러고 비닐 커버를 벗기기 위해 비키니 옷장을 들어 옮기려는데 무언가 툭, 바닥에 떨어지는 소리와 동시에 옷장이 설핏 가벼워지는 걸 느꼈다. 옷장을 오른편으로 치운 후 봤더니, 옷장이 놓였던 그곳에 노트 두 권이 떨어져 있었다. 옷장 바닥에 있던 물건이 옷장을 옮기자 닳아 해진 비닐 틈 사이로 떨어진 것이다. 경찰도 발견하지 못한 유품이었다. 요즘 보기 드문 스프링 노트였고 표지는 파란색과 연분홍색이었으며 집어 보니 의외로 두꺼웠다.

호기심에 노트를 대충 넘겨 봤다. 두 권 모두 일기 같기도 하고 기록물 같기도 한 손글씨가 빼곡히 채워져 있었다. 그는 노트를 몇 번 더 휘적휘적 넘겨 본 후 그것을 창틀 한쪽 위에 놓아두고 비키니 옷장 비닐 커버를 벗기는 것으로 작업을 다시 이어 갔다.

싱크대와 가스레인지를 제외한 생활용품을 모두 끄집어내고 폐기물 봉투에 쓸어 담아 밖으로 내보냈다. 시신의 수습과 운구 과정에서 체액과 체내 부패물이 바닥과 물건들 위에 떨어져 있어 가급적 장갑에 묻지 않도록 조심하며 담아야 했다. 냉장고 안의 부패물을 치우는 것을 끝으로 방 안에 있던 모든 가구와 물건이 밖으로 나가자, 박 이사가 장판에 말라붙은 혈흔을 강철 헤라로 대강 긁어 벗긴 후 장판을 둘둘 말아 화물칸에 실었다. 나머지 장판도 마찬가지였다. 시멘트 맨바닥이 드러났다.

혈흔과 체내 기름 부유물이 바닥 한가운데서부터 싱크대 부근까지 쭉 타고 들어갔다. 침습된 방바닥에 분해제거제를 넓게 살포한 후 시차를 두고 브러쉬로 박박 문지르자 검붉은 거품이 일었고, 이를 습식 흡착기로 빨아들인 후 다시 약품을 뿌리고 강철 브러쉬를 장착한 퀵으로 방바닥을 연마해 나갔다. 그리고 반복 작업을 했다. 이 작업이 가장 중요하다. 여기서 오염이 완벽하게 제거되지 않으면 두고두고 냄새에 시달린다.

최찬호 씨는 초보자치고는 일 처리가 매끄러웠다. 이미 해 본 가락이 있는 것처럼 순서에 따라 손발을 잘 맞추었다. 침습된 곳은 악취 분해제를 두세 번 뿌려야 하고 분무액이 가지 않은 좁고 깊은 곳은 붓에 소독액을 묻혀서 발라 주어야 한다. 천장에 매달린 둥근 전등 커버를 벗겨 파리 시체들을 털어 내고, 창틀에 싸인 검붉은 번데기와 새까만 파리똥을 치운 후 그도 최찬호 씨가 벗기고 있는 벽지를 함께 뜯었다. 곰팡이가 끼고 구더기가 기어오르고 시취가 밴 벽지는 시멘트 맨살이 드러나도록 제거해야 한다. 박 이사가 방바닥 샌딩 작업을 마치고 친환경 정화 약품을 살포한 것을 끝으로 거의 모든 작업이 마무리되었다. 바닥 작업이 마무리되자 연무 소독을 한 후 현장을 밀폐시키고 나왔다.

보호복을 탈의했다. 머리에서부터 발끝까지 모두가 막 샤워를 하고 나온 듯 땀범벅이다. 최찬호 씨가 상의를 벗어 비틀어 짜니 땀이 한 움큼씩 물빨래하듯 떨어졌다. 작업을 시작한 지 네 시간이 훌쩍 넘었다. 셋이서 하니 그래도 빨리 끝낸 셈이다. 담배 한 대씩을 빨고, 박 이사가 짐칸으로 올라가 폐기물을 다시 한번 적재한 후 최찬호 씨와 함께 로프로 야무지게 결박했다.

최찬호 씨가 들고 나온 노트를 박 이사가 건네받아 경찰과 통화하더니 주민 센터에 보관하라고 한다며 담당 직원의 연락처를 받았다. 업무가 거의 끝날 시간이고 금요일이었다. 주민 센터를 가 봐야 이미 늦어 허탕이다.

그는 노트를 작은 비닐 봉투에 넣어 차 뒷좌석에 던져 두었다. 박 이사가 주인에게 전화를 걸었더니 외출 중이었다. 오늘 작업은 완료되었으며 도배는 내일 할 예정이니 내일 아침 이른 시간에 문을 개방해 달라는 부탁을 하고 현장을 마무리했다.

오후 여섯 시. 폐기물을 폐기하기 위해 폐기물 처리장까지 가게 되면 그만큼 퇴근이 늦다. 박 이사가 제안한다.

—차에 그대로 실어 두었다가 내일 아침에 처리하죠?
—그럽시다.

그가 대답하며 운전대를 잡으려 하자 최찬호 씨가 그를 슬며시 밀어내고,

—두 분은 좀 쉬시죠.

하며 운전석에 앉는다. 서쪽 하늘의 해는 쨍쨍한데 이미 소나기 한줄기가 억세게 쏟아졌는지 도로는 그야말로 한증막. 불쾌지수가 극에 달해 손톱으로 누가 콕 찌르기만 해도 대뜸 짜증을 낼 만큼 흉악한 날씨였다. 그는 에어컨을 최강으로 틀고 안전벨트를 한 후 선글라스를 꺼내 썼다. 퇴근 시간인데도 차는 밀리지 않았다. 석양은 아직도 아스팔트를 녹일 듯이 내리쬐고 차들은 강력한 반사광을 내며 내달렸다.
박 이사와 최찬호 씨는 창고에 도착하자마자 서둘러 장비를 정리하고 식당에서 저녁 식사를 마치고 지체 없이 퇴근했다. 다른 현장에 갔던 직원들도 일을 마치고 모두 귀가한 모양이었다. 벌써 땅거미가 지는데도 기온은 떨어지지 않아 오늘 밤도 열대

야는 계속될 것 같았다.

그는 현장에서 습득했던 노트를 들고 사무실로 올라왔다. 혹시 연고자를 찾을 수 있을까 해서. 에어컨을 틀고 커피믹스를 타서 책상 앞에 앉아 비닐 봉투에서 노트를 꺼냈다. 연분홍 표지는 그다지 오래돼 보이지 않았고, 파란 표지는 색이 바래고 조금 오래돼 보이긴 했지만 둘 다 닳거나 낡지 않아 깨끗한 편이었다.

그는 왼손으로 노트의 스프링을 받치고 오른손 엄지와 검지로 노트를 둥글게 말아 파르르 페이지를 넘겨 보았다. 파란색 노트는 손글씨로 쓰인 페이지가 오분의 사 이상, 분홍색 노트는 삼분의 일 정도 되어 보였다. 내용이 궁금했지만 그보다도 고인의 연고가 될 만한 것은 없는지 먼저 찾았다.

그중 파란색 노트의 가장 뒷장 안쪽 페이지에 여남은 사람의 이름이 한 칸에 한 명씩 적혀 있고, 그중 한 사람의 이름 옆에 연필로 휘갈겨 쓴 숫자가 적혀 있었다. 맨 마지막 숫자가 '4' 자 같기도 했고 '9' 자 같기도 했다. 먼저 끝자리 4로 전화를 해 봤다. 신호는 가나 받지 않았다. 이번에는 끝자리 9로⋯. 역시 받지 않았다. 한 번 더 각각 해 봤지만 통화는 되지 않았다. 전화번호가 아닌 것 아닌가?

전화기를 내려놓고 잠시 망설였다. 전화를 한 번 더 할까, 노트를 읽어 볼까? 전화를 각각 한 번씩 더 해 보았다. 역시 받지 않았다. 그리고 또다시 망설였다. 내용이 궁금한데… 둘 중 어느 걸 먼저 읽을까? 파란색? 연분홍색? 오래된 파란색 노트를 먼저 펼쳐 보았다.

빽빽하게 쓴 손글씨가 빈틈없이 채워져 있고 그 글이 끝난 페이지의 다음다음 페이지에 몇 페이지의 글이 더 적혀 있다. 그리고 다시 빈 페이지였다. 더 넘겨 보니 노트의 마지막에 이르러 글씨 쓰인 페이지가 다시 나왔다. 기고문 같기도 했다. 그리고 이름이 적힌 페이지까지 다시 빈 페이지였다.

그는 노트를 앞으로 돌려 첫 페이지를 펼쳤다―중간 중간에 밑줄이 쳐 있거나 두 번 덮어 쓴 단어나 문장은 고인이 강조하기 위한 것으로 보여 여기서는 굵은 글씨로 옮긴다―첫 줄은 이렇게 시작되었다.

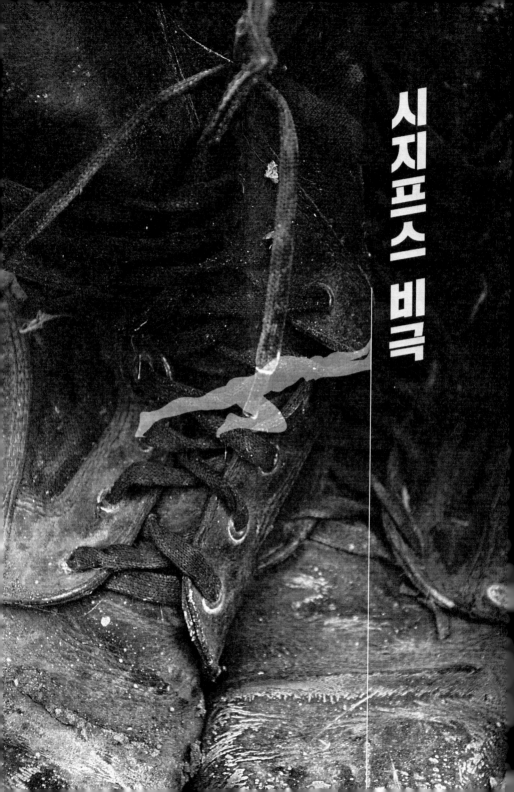

시지프스 비극

우리는 강한 자를 만나면 약해진다. 이것은 만고의 진리다.

역사는 승자의 기록이다. 이것은 역사의 존재 방식이다.

구치소 출소 후 2주가 멀다 하고 친구들이 찾아왔다. 종필도 함께였다. 구속 중에도 면회를 왔으면서, 출소 후 두 번째다. 이번에는 금속노조 간부라고 하는 분을 대동하고 와서, 식당에서 통성명을 하고 저녁을 함께 했다. 언젠가 한 번쯤은 봤겠지만 나는 그를 굳이 확인하고 싶지 않았다.

우리에게 당장 닥친 막막한 호구지책이 첫 번째 안줏거리였다. 동준을 제외한 파업에 참여했던 친구들 모두 백수白手다. 고향에서는 취직이 안 되니 부산과 울산, 강원도까지 면접을 보러 다닌다고 한다. 모두 고용 불안을 겪고 있는 것이다. 한마디씩 던졌던 말들의 말미에 동준이, 이분은 그 사태에 관한 백서白書를 만드는데 네 증언이 필요하다고 해서 같이 오게 되었다고 했다. 그러자 그 간부는 금속노조 차원에서 백서를 준비하고 있고 증언 채집 중인데 인터뷰를 할 수 있겠냐고 물었다.

나는 한동안 입을 닫았다. 선뜻 뭐라고 말을 할 수가 없었다. 내가 대답이 없자 좌중은 얼어붙었다. 그 혹독한 갈증으로 목말랐던, 생존을 향한 처절했던 투쟁의 84일을 어찌 몇 마디의 말로 실체와 진실을 밝힐 수 있겠는가? 수많은 사실과 진실이 왜곡되고, 우리들은 생사를 넘나드는 아픔과 고통을 겪으면서도 국가로부터 철저히 외면받았던 84일! 심지어 공권력이라는 이름 아래 무자비한 폭행을 당했음에도 도리어 폭도와 빨갱이로 낙인찍힌 우리들의 투쟁을 어찌 말로 다할 수 있겠는가?

게다가 그 간부의 질문에 내가 대답할 준비가 되어 있나? 전혀 그렇지 않았고, 그가 내 눈치를 살필 수밖에 없는 것은, 농성장에서 한 번이라도 경찰이 휘두르는 곤봉에 맞으며 질질 끌려가 본 사람이라면 잘 알 것이다. 고통스런 과거를 떠올리는 것은 또 다른 현재의 고통이다. 괴로운 기억을 말하고자 하면 아무래도 괴로운 과거를 지금, 다시 떠올릴 수밖에 없지 않은가? 큰 상처를 안고 사는 사람들은 안다, 본능적으로 그 기억을 떠올리지 않기 위해 몸부림쳐야 하는 것을!

나는 은연중에 때로는 의도적으로 그 사태(언론에서 사태라고 하니 사태라고 하자.)를 잊고자 했다. 정확히 말하면 그 기억으로부터 아주 멀리 도망치고 싶었다. 나뿐이 아닐 것이다. 그런다고 당장 그렇게 되지는 않겠지만, 농성장을 마지막까지 지켰던 동지들은 그 사태로부터 벗어나기 위해 기억이라는 괴물을 죽이고 싶을 것이다. 좌절과 실의에 허우적거리며 누구와도 접촉하고 싶지 않을 것이다. 번데기 속에서 성충이 되기를 거부한 채 웅크리고 앉은 벌레처럼…. 벌레? 그래, 벌레! 그날 우리는 벌레들이었다. 경찰 특공대의 우악스런 군홧발과 집단 구타에 맥없이 버둥거리던 한 마리 벌레에 불과했다.

나는 잔을 비우며 겨우, 이 친구들한테 물어보면 되는데 그때 함께 있었으니까, 했더니 성철이, 우린 다 말했지 옥상은 너와 병관이가 마지막까지 있었잖아,라고 하기에 내가, 병관한테 들으면 되지? 했더니 이번에는 동준이가, 병관이는 말하고 싶지 않대,라고 했다. 그래, 그도 다시는 말하고 싶지 않겠지. 나도 말하고 싶지 않았다. 또다시 말이 없었다. 그러자 그 간부라는 사람이, 너무 급하게 서두르지 마세요, 마음이 정리되면 연락 주세요, 제작 기간이 아직 남았으니까요, 하며 내게 명함을 내밀며 어정쩡한 분위기를 수습하려 했다.

나는 대답 없이 술을 비웠다. 모두가 힘 빠지고 맥 빠지고, 모든 것이 무너져 내린 현실 앞에 선뜻 입을 떼려는 사람이 없었다. 어디에 가서 누구를 붙잡고 하소연을 해야 명치를 누르고 있는 이 울분과 한이 사라질까? 삭이지 못한 울분은 응어리가 되고 응어리가 쌓일수록 말수는 줄고 응어리가 쌓인 가슴에 애꿎은 술만 들이부었다.

우리만이 그러는 게 아니다. 여기 식당 손님들도 모두가, 가슴에 술만 들이붓고 있는 것 같았다. 그러다 조금만 삐딱하거나 거슬리면 술자리에서 서로 치고받고 쌈박질이나 하고, 집에 가서 아내와 시시하고 조잔한 일로 다투다가 벽을 치고 가슴을 치며 머리를 쥐어뜯고 짐승의 소리를 내며 울부짖었다. 이런 현상은 이곳저곳 전염병처럼 돌고 돌아 이 작은 도시 전체를 휩쓸고 다녔다. 이 지방 소도시가 분노조절장애를 앓고 우울증에 빠져 휘청거리는 것 같았다.

우린 몇 잔 더 돌리고 헤어졌다. 헤어질 때 동준이 어머님 드시라고 홍삼 박스 하나를 내게 건넨다. 뭐라고 말할 수 없이 고마웠다. 집에 도착하니 어머니만 안 주무시고 여지껏 혼자 성경을 읽고 계셨다.

나는 홍삼을 어머니께 건네며 동준이 준 거라고 하고 내 방으로 왔다. 어머니께서는 무슨 말씀을 하시려다가 이내 입을 닫으셨다. 아내는 언제 퇴근했는지 이미 곯아떨어져 잔다. 체력이 약한 아내도 안 해 본 일을 하니 요즘 피곤해한다. 늦게까지 한참 뒤척이다가 잠에 떨어졌다.

나는 이 글을 쓰는 데 며칠을 고민하고 망설였다. 파업에 참여할 때와는 비교가 안 될 만큼 용기와 결단이 필요했다. 이 글이 내 의

도와 다르게 어떤 이에게는 아픈 생채기를 다시 드러내는 일이기 때문에 양날의 칼과 같고, 그러므로 차마 입에 담아서는 안 될 치명적인 비밀을 말하는 것 같기 때문이다. 하지만 고민에 고민을 거듭한 끝에 용기를 냈다. 사람들의 아픔도 무시할 수 없지만, 진실 또한 어떠한 가치보다도 귀한 것이라고 여기며, 동지들과 그 가족들이 죽음으로 내몰린 이유와 진실에 대해서도 입을 닫고 있을 수 없기 때문이었다.

그래서 이 글을 쓰게 되었다. 그 사태를 몇 마디로 다 설명할 수 없기에 내가 겪었던 것과 당시 해 두었던 메모와 전해 들었던 이야기, 노조와 집행부가 발표했던 것들을 토대로 그 현장을 기록해 보기로 했다. 끝까지 제대로 기록하고 복원할지 모르겠지만 하는 데까지 해 보겠다. 감정 개입을 최소화하고 냉철하게 객관적으로 정리해 보고자 하지만, 잘 지켜질지 모르겠다. 지켜지지 않는다 해도 어쩔 수 없다. 다른 사람이 아닌, 바로 내가 보고 듣고 느낀 것들을 적을 수밖에 없으니까.

나는 노조 간부도 아니고 당시 중요한 역할을 했던 사람은 더더욱 아니며 글을 전문적으로 쓰는 사람도 아니니 필력이 좋을 리 없다. 맞춤법이 틀리고 문장이 거칠고 투박할지도 모른다.

나는 두 가지 죄목으로 구속되었다가 9개월 실형을 선고받고 집행유예로 3개월 만에 나온 사람일 뿐이다. 집시법 위반, 공무집행방해죄, 특수폭행죄로 기소되었으나 세 번째 것은 기각되었다. 현재는 다시 일을 찾고 있으나 쉽지 않아 집에 머무는 시간이 많아서 불안하다. 대부분의 파업 참가자들은 나와 같이 고용 불안에 시달리고 있다. 파업 직후부터 아내가 동네 대형 마트에 오후 캐셔로 나가 마감까지 치고 와야 하기에 아무래도 오후 집안일은 내가 챙기게 된다. 자연히 오전을 이용해 틈틈이 기록하기로 했다.

어떻게 기록할까를 고민했는데 아무래도 날짜 순으로 작성하는 게 좋을 듯했다. 메모에 날짜가 없거나 기억나지 않는 날은 그 날짜를 빼거나 며칠씩 묶어서 기록하기도 했다. 크게 중요하지 않은 날이었을 것이다. 또 사건 당시는 인지하지 못했으나 시간이 흐른 뒤 알게 된 것들은 전체를 조망한 글로 정리하기도 했다. 거듭 말하지만 내가 겪고 느꼈던 걸 내 관점으로 적고자 한다.

자, 그럼, 기업자본감시본부라는 한 시민 단체에서 밝힌 발표문으로부터 이야기를 시작해 보자.

> L 자동차 직원들의 거센 반발에도 불구하고, 당시 정부는 공적 자금이 투입된 L 자동차를 C 국國의 M 자동차에 헐값에 매각했다. 완성차 후발 업체인 C 국의 M 자동차는 당시 1조 원 이상의 거액 투자와 완전고용을 약속하고 노사勞使 간 고용 보장합의서를 썼지만 수년 동안 기술만 빼돌리고 이 약속은 하나도 지키지 않았다.

기술력이 뒤진 기업이 앞선 기술의 회사를 인수한다? 부채비율

이 높긴 하지만 그래도 헐값에? 뭔가 다분히 의도성과 보이지 않는 내막이 있는 거래로 의심되었다. 물론 여러 가지 국내외 정치적 상황과 거래 당사자 간에 협상, 당시 L 자동차의 내부 사정 등 복합적인 이유와 특수성이 있었겠지만 L 자동차 직원들과 노조의 입장에서는 다분히 밑지는 장사로 보이는 거래였다.

발표문은 다음과 같이 이어진다.

> 그 후 기업자본감시본부는 L 자동차 노동자들과 함께 정부를 향해 M 자동차에 의한 기술 먹튀가 진행되고 있다는 사실을 적시하며, **L 자동차 주주이자 채권자인 국가가 이를 조사해 기술 유출을 막아줄 것을 누차 요구했다.** 그런데 당시 한국과 C 국의 산자부 장관이 만나 L 자동차에 대한 투자와 운영에 아무 문제가 없다는, 아주 심각하고 부실하고 이상한 결과를 발표했다. 수년에 걸쳐 기술 도둑질을 계속하던 M 자동차는 이 정부 들어 L 자동차를 부리나케 법정 관리로 몰아넣었다. 그리고 공장 회생 방안이라는 미명 아래 2,500여 명을 정리해고 하겠다고 발표했다. 그전에 정리해고 된 비정규직 노동자를 포함하면 3,000명이 넘는다.

노조에서 옥쇄파업 동원령이 문자로 왔다. 단어부터 섬찟했다. 옥쇄파업? 나는 이런 일이 처음이라서 망설였다. 공장 생활 16년 동안 노조 가입도 노조 활동도 이번이 처음이었다. 그전 노조는 친기업적 성향이라서 쳐다보지도 않았지만 이번 노조는 노동자를 위하는 강한 진정성이 느껴져서 가입했다. 물론 민주노총 간부로 활동했던 성환 형의 권유도 있긴 했다.

나는 성환 형에게 이것저것을 물었다. 가야 할지 말아야 할지, 농성에 필요한 게 뭐고, 비상식량은 뭘 준비해야 하는지, 노조원들은 얼마나 참여하고 누가 누가 가는지, 얼마나 걸릴 것인지? 속사포처럼 묻고 형의 대답을 들으면서 내키지 않는 손으로 꾸역꾸역 물건을 챙기고 있었다. 짐을 다 꾸리고 나서도 성철과 병관에게 전화를 했다. 그들도 갈 것인지.

나는 가장이다. 홀어머니를 모시고 있고, 애들이 둘 딸렸다. 내 선택이 이들에게 어떤 영향과 결과를 가져올지 가늠하기 어렵다. 뭐 항상 매사에 그런 걸 미리 세세히 따지며 결정하지는 않지만, 이번엔 뭔가 불안감을 감출 수 없다. 이런저런 오만 가지 생각이 다 들었다.

며칠 전 아내에게도 물었다. 회사가 적자가 나서 정리해고를 하겠다고 한다. 사람은 기계가 아니다. 적자가 나면 그것들은 중지시키고 폐기하면 되지만 사람은, 버리고 폐기시키는 성질의 것이 아니다. 아내도 이미 소문을 들어 공장 소식을 알고 있는 터라 안 갔으면 좋겠다고만 했다. 이 소도시 인구의 3분의 1 이상이 우리 회사 직원이거나 우리 회사의 협력 업체 직원들이니 동네방네 흉흉한 소문이 돌고 돌아 사태를 파악하고 있던 아내는, 아직 해고 통지를 받은 게 아니니 불쑥 행동하지 말고 기다려 보자며 반대 의사를 보였다.

그동안 회사는, 끊임없이 희망퇴직과 해고 중 하나를 선택하라고 직원들에게 강요해 왔다. 공장은 술렁였고 도시는 해고의 불안과 두려움에 휩싸였다. 실체는 없고 혐의만 짙은 확인되지 않은 온갖 풍문과 소문이 입에서 입으로, 바람을 타고 안개처럼 도시를 휘감았다. 회사가 이미 2,100여 명의 해고자 명단을 법원에 제출했다는 미심쩍은 말들이 파다했다.

병관에게 다시 전화를 했더니 성철 차를 타고 오는 중이란다. 잠시 후 차가 도착했다. 어머니와 아내의 근심 어린 눈길을 뒤에 둔 채 트렁크에 짐을 구겨 넣고 뒷좌석에 올랐다. 성철이 "어머님, 제수씨, 너무 걱정하지 마세요. 2주 안에 끝날 거예요. 길어야 한 달!" 하며 어색하기 짝이 없는, 그 특유의 제스처와 설레발로 어머니와 아내를 안심시키며 차를 움직였다. 성철이는 캠핑을 떠나듯 들떠 있기까지 했다. 병관도 "그래, 길어야 한 달이면 끝날 거야! 그 안에 회사가 두 손 들겠지."라고 맞장구를 쳤다.

친구들이 한자리에 모이니 힘이 솟았고 당장 두려운 게 아무 것도 없었다. 깨복쟁이 때부터 우리는 몰려다니기를 좋아했고, 중·고교 시절에는 우리가 뭉쳤다 하면 어떤 일이든지 거침없이 해치우곤 했다. 그야말로 왕년의 악동들이 다시 뭉쳤다. 마음도 어느새 가벼워지고 기분도 산뜻해져 정말 캠핑 떠나는 분위기 같았다. 오늘 갈은 날이면 뭘 해도 좋고, 뭘 해도 되는 날. 어떤 문제라도 거침없이 해결할 수 있을 것 같았다. 그래! 가자. 승리를 향해 출발!

공장에 도착하니 스피커에서 쏟아지는 노동가勞動歌가 귀를 때리고, 지게차가 컨테이너를 들어 정문을 막는 작업이 한창이었다. 웬만한 공사장보다도 더 시끄럽고 분주했다. 공장 벽면은 대형 현수막과 걸개그림을 거는 중이었고, 옥상에는 제비 꼬리 모양의 진청색 노조 깃발들이 도열한 병사처럼 일렬로 꽂혀 5월의 훈풍에 펄럭이고 있었다. 성철은 차를 주차장에 세웠고 우리는 다른 짐은 그대로 둔 채 배낭만 들고 내렸다.

노조원들이 계속 공장 안으로 들어오고, 본관 앞 광장에서는 이미 오와 열을 지어 노동가를 부르며 결의대회가 뜨겁게 진행 중이었다. 대열 끝에 가서 앉으려는 찰나 종필이 우리를 알아보고 손짓을 하기에, 허리를 숙이고 대열 중간쯤 들어가 종필 옆에 앉았다. 성환 형 봤냐고 병관이 묻자 벌써 앞에 와 있다고 대답한다.

노조 간부로 보이는 이가 마이크를 잡고 "경영 실패로 법정 관리가 됐는데, 묵묵히 일만 했던 노동자를 자르다니 말이 됩니까? 일만 했던 노동자의 분노가 어떤 건지 보여 줍시다."라고 열변을 토한다. 그러고는 "일자리는 생명이다. 정리해고 박살 내자!" 구호를 외치자 "일자리는 생명이다. 정리해고 박살 내자!" 모두가 한목소리로 따라 했다. 그가 오른손 주먹을 쳐들며 "정리해고 분쇄하자. 경영자는 책임져라!" 선창하자 "정리해고 분쇄하자. 경영자는 책임져라!"

대중이 복창한다. "원·하청 단결 투쟁, 정리해고 박살 내자!" 노동자들의 거대한 함성이 메아리가 되어 공장 안에 울려 퍼졌다.

그리고 자유 발언이 이어졌는데 여러 사람이 연단에 올라가 파업 농성에 참여한 이유를 말했다. 쉬지 않고 일했는데 한순간에 해고하는 것에 대한 분노, 항상 가족이라고 말하던 회사가 단칼에 자르는 것에 대한 배신감, 기준도 원칙도 없는 해고에 대한 억울함이 주류를 이뤘다. 중간중간 박수 소리도 나고 환호도 터졌다. 좌중의 호응을 유도하는 노조원도 보였다.

제법 길었던 자유 발언이 끝나자 노조 지부장이 연단에 올랐다. "우리의 파업이 언제 끝날지 모릅니다. 여러분! 동지를 믿고 지도부를 믿고 일치단결하여 승리의 그날까지 투쟁합니다. 정리해고를 분쇄하는 그날까지 결사 항전抗戰합시다."라고 마무리를 지었다. 해는 벌써 기울고 시계는 7시를 넘기고 있었다. 마지막으로 집행부에서 단위 공장별 삼사백 명씩 거점과 숙영지를 정해서 발표했다.

우리 소속이 도장塗裝부여서인지 도장2공장으로 배정받았고 하나의 숙영지에 30명에서 40명 정도 침식寢食을 같이하도록 안배했는데 여기 인원은 30명이 조금 넘어 보였다. 병관이 성환 형에게 여기로 오라고 전화했다. 도장공장 입구에서 성환 형과 합류했고 공장 2층에 배낭을 두고 세 사람은 차에 있는 나머지 짐과 물건들을 들고 왔다. 2층 바닥을 대충 청소하고 짐들을 풀고 각자의 위치를 잡았다.

얼추 정리가 다 된 듯싶으니 시장기가 밀려왔다. 성환 형이 금강산도 식후경이다, 하고 소리치자 우리 멤버는 일제히 하던 일손을 놓고 약속이나 한 듯 가져온 음식을 꺼내서 빙 둘러앉았다. 음식 냄새가 잊고 있던 시장기를 자극했는지 옆 사람들도 대여섯 명씩 혹은 여남은 명씩 짝을 지어 식사를 시작했다.

식사 후 지도부의 지침이 내려왔다. 공장별 선거구별로 모여 조장을 뽑고 규율을 정하고 불침번과 배식 당번의 순번을 정하라고 했다. 우리는 우리 멤버 다섯 외에 다른 라인의 태섭 씨 형제와 윤기원 씨 등 여섯 사람을 더 보태서 하나의 조를 만들었고 성환 형이 조장, 첫 번째 불침번은 성철이와 잘 알고 지내는 태섭 씨 동생 태호가 서기로 했다.

태섭 씨는 해고자였지만 동생 태호 씨는 아직 해고 통지를 받지 않은 비해고자이면서도 이번 파업에 참여했다. 10년 이상을 함께 근무한 이들 형제의 운명은 이렇게 갈려 있었다.

그러고 보니 10시를 향하고 있었다. 소등하고 모두 잠자리에 들기 시작했다. 우리 멤버는 몰래 빠져나와 옥상에서 종필과 병관이 가져온 술로 농성의 첫 밤을 기념했다. 까만 밤하늘에 별들이 초롱초롱 박혀 있다. 우리 공장은 D 시市의 시가지 남동쪽으로 직선거리 3㎞ 정도 떨어진 외곽에 자리 잡고 있다. 지금 여기 공장 옥상에서 보면, 서북쪽으로 D 시 시가지의 인공 불빛이 하늘 위로 뻗어 오르는 게 보인다.

입사 이후 지금까지 야간작업으로 수많은 밤을 공장에서 지새 웠지만 옥상에서의 밤은 처음이다. 우리는 파업의 첫 밤에 대한 소 감을 한마디씩 던지면서, 가족들을 떠올리며 술잔을 털어 넣었다. 민주와 산하는 잠이 들 시간이다. 분위기가 무르익어 술이 몇 순 배 돌자 누가 먼저랄 것도 없이 전화기를 집어 들고 집으로 전화 를 했다.

나도 아내와 통화를 했다. 혼자 TV 보는 중이란다. 아내는 L 자 동차 관련 뉴스가 TV에 떴다면서, 먹는 것에서부터 잠자리까지 이 것저것 걱정 어린 질문을 이어 갔다. 파업 참여를 반대했던 마음을 이해한다. 크게 걱정하지 말라고 하고 끊었다. 서쪽 하늘에 사선 하 나를 그으며 유성이 떨어진다.

고즈넉한 밤하늘은 마치 작년 여름휴가 때 가족과 함께 갔던 휴 양림 캠핑장 느낌을 준다. 온 가족이 즐겁고 행복한 시간이었다. 산 하가 계곡에서 시뻘건 배를 뒤집은 무당개구리를 보고 놀라 내 품 으로 뛰어들던 광경이 떠올라 미소를 지었다. 여자애라서 겁이 많 았다.

술이 떨어질 무렵 지도부 순찰조가 다가와 농성장에서는 금주禁 酒라고 한다. 모두 자리를 정리하고 잠자리로 내려왔다.

5월 18일

마침내 옥쇄파업의 첫 아침. 오전 10시가 조금 넘자 팀장에게 문자 옴. "희망퇴직자 신청 5월 25일까지 연장. 희망퇴직을 원하는 사람 연락 바람." 희망퇴직 신청인 수 찍힘. 원래 오늘이 마감인데 파업 노조원들의 마음을 흔들어 볼 속셈으로 연기했다고 함. 오후에는 지도부의 지침에 따라 분임조分任組 조장 선출. 이들 조장 중에서 집행위원을 뽑고 집행위원 중에서 1명을 대표로 뽑아 집행위원장으로 임명. 성환 형은 조장을 맡았으나 집행위원은 사양. 노조의 인원 파악으로 오늘 점거 농성 노조원은 1,000명 돌파. 조합원들이 대부분이고 개중에는 조합원이 아닌 노동자도 많다고 함.

해가 넘어가기 전, 병관 성철과 셋이 옥상으로 올라가 담배를 태우며 공장을 둘러보았다. 대형 컨테이너 6개가 정문을 막고 있고 공장의 모든 문이 자물쇠로 잠겼다. 공장 안 정문 앞에는 가족대책위원회의 천막과 텐트가 보였고 "해고는 살인이다.", "정리해고 박살 내자."라고 쓰인 대형 현수막들이 본관 벽에 걸려 봄바람에 나부끼고 있었다.

야간에는 숙영지별 토론회 개최. 대부분 정리해고의 부당함과 그에 대한 배신감 토로. 어떤 이는, 잘려야 할 사람은 안 잘리고 안 잘려야 할 사람이 잘렸다, 이게 무슨 기준이냐? 만근 채우며 묵묵히 일했던 사람은 잘리고 무단결근했던 사람은 안 잘렸다,라고 한다. 또 어떤 이는 아내가 이런 데모는 앞장서서 해야 한다며 가방을 싸서 떠밀었다, 그래서 왔다, 와서 보니 잘 왔다고 생각한다,라고 하자 모두 와— 소리치며 박수를 보냈다. 또 어떤 사람은 집에 있어

봤자 마음이 편치 않아 왔다며 많은 사람이 투쟁하니 좋은 결과가 있지 않겠냐고도 했다.

우리 분임조에서는 성환 형, 나, 성철, 동생 종필이 같은 라인을 탄다. 병관은 같은 라인이긴 하지만 비정규직. 우리 회사 하청인 동신기업 소속. 그는 사업을 하다가 한 번 말아먹고 뒤늦게 직장생활을 하다 보니 하청부터 시작했다. 그동안 정규직 전환 기회가 있었지만 실패했다. 한 번은 경력이 짧아서, 또 한 번은 노조(이전 노조를 말한다.)에서 가입비를 목돈으로 요구하자 뒷돈까지 주면서 옮기기는 싫다고 했다.

사업 빚에 허덕이던 그의 형편에 그 돈이 부담스러웠을 것이다. 그래서 친구들이 보태서라도 옮겨 주려 했으나 그는 극구 사양했다. 그의 모나고 강직한 성격은 우리도 어쩔 수 없었다. 그래서 역시 불알친구인 종선의 동생 종필이 그 자리를 꿰차고 들어왔다.

우리 멤버 외에 나머지 여섯 명도 공장에서 이미 안면이 있고 이물없이 지내는 사람들이어서 밤 깊은 줄 모르고 향후 회사 측의 예상 전략과 우리의 대응 전략, 옥쇄파업의 향배向背뿐 아니라 이런저런 세상 사는 이야기까지 격의 없이 이어졌다.

5월 20일

전국에서 찾아온 금속노조 조합원들이 공장에 들어와 결의대회 가짐. 금속노조 산하 전국 지부가 연대 투쟁에 동참하기로 하고 파업 의지를 다짐. 6시간에 걸친 대회를 마치고 아쉽게 작별.

5월 23일

아침부터 늦은 오후까지 사 측의 무력 침탈과 장기전에 대비해 농성 물품과 개인 장비와 방어 도구를 만들었다. 또 바리케이드로 사용할 폐타이어, 철제 팔레트, 철조망, 이동용 철제 차량 차단기, 대형 컨테이너들을 한데 모아 주요 길목에 설치함. 바리케이드로는 철제 팔레트와 컨테이너가 가장 유용하게 사용됨. 분임 토론에서 각조 사수대 2명과 예비 사수대원을 뽑고(우리 조는 병관과 종필이 맡음.) 조별로 지키고 사수해야 할 포인트와 지역이 지정되었고 대자보 만들기 시간도 가졌다. 우리 조는 주로 옥상을 전담함.

야간 문화제 개최. 토요일이라서 많은 가족들이 들어와 즐거운 한때를 보냈다. 성환 형 형수님이 부산을 떨어서 다 몰고 왔을 것이다. 민주와 산하 두 녀석이 덥석덥석 안긴다. 큰 딸애가 울음을 터트리자 아내도 눈시울이 붉어진다. 우리 멤버는 삥 둘러앉아 치킨 안주에 맥주 파티를 했다. 농성장이라는 것도 잠시 잊을 만큼 흥겨운 시간이었다. 늘 유쾌하고 푼수끼까지 있는 성철 마누라는 오늘도 긍정적이다. "이렇게 많은 사람들이 데모하는데 회사라고 어쩌겠어요. 정리해고 철회해야지. 안 그러면 공장을 확 불 질러 버려야지." 한다.

거의 끝날 무렵에 동준이 왔다. 회사 구매과장을 맡고있는 동준은 친구 중에 유일한 관리직. 그는 사 측의 지시에 움직여야 하고, 거부하면 회사를 그만둬야 할 처지. 그와 우리는 적대적 관계에 놓여 있다. 난처한 그가 여기 오기 쉽지 않았을 텐데, 모자를 눌러쓰고 살짝 들렀다.

그는 우리에게 무슨 할 말이 있는 듯 잔뜩 벼르다가 "에이 씨발, 금방 끝나겠지. 앞으로 공장에 안 오려고 하는데 쉽지 않을 것 같다. 봐도 아는 척하지 말자.... 친구에게 서로 총질해 대는 이런 더러운 경우가 어디 있나?" 그가 내뱉자 성환 형이 "사는 게 다 그렇지 뭐, 어쩌겠냐." 하고 위로한다.

병관이 "너 욕하는 친구 없으니까 마음 편히 먹어." 해도 동준이 곤혹스러운지 겨우 맥주 한 캔을 비우고서 투쟁 기금이라며 성환 형에게 돈 봉투 하나를 꺼내 놓고, 우리에게 몸조심하라는 인사를 남기고 서둘러 빠져나갔다.

어느덧 예정된 시간이 되자 다들 자리를 털고 일어선다. 다시 헤어질 시간이다. 파업이 금방 끝나리라고 생각하지만 진짜 언제 끝날지는 아무도 모른다. 서로 위로하고 안심시키며 여기저기서 헤어짐을 애달파 하고 생이별에 눈물을 훔치는 사람들도 더러 눈에 띈다. 가족들이 모두 떠나고 다시 파업 노조원들만 남았다. 마음이 텅 빈 느낌이다. 아내와 아이들이 떠난 공장 정문을 물끄러미 보다가 자리로 돌아왔다. 이런 식으로 가족과 떨어져 보기는 처음이다. 자정이 지나도록 잠이 들지 않았고 곧 일어나 불침번을 서야 했다.

오전 결의대회에서 전직 대통령의 사망 소식을 발표했다. 우라질! 이 사태의 발단은 아마추어 같은 진보 정권의 무지와 고위 공직자들의 무능에서 비롯되었다. 노조의 반대를 무시하고 자동차 후진국에 매각했다. 그들이 앞선 기술의 회사를 제대로 경영할 수 있겠는가? 후진국 매각은 답이 아니다.

국책은행이 인수해서 공기업화 했어야 했다. 이미 국가 예산이 투입된 회사의 **첨단 기술과 완성차 생산 기술을 눈 뜬 장님처럼 외국에 빼앗겨도 누구 하나 책임지는 위정자도 공무원도 없이 국부** 國富**가 유출되었다.** 사태가 이 지경인데도 정부와 고위 공직자, 검찰은 뒷짐만 지고 있다는 게 울화통이 터진다. 높은 자리에 있는 사람들은 항상 다 그 모양이다.

집행부는 현재 인원이 1,500명이 넘었다고 발표. 이중에는 정리해고 대상자가 아닌 노조원 98명과 하청 업체 노조원 107명이 함께 참여하고 있다고 한다. 처음 인원 파악 이후 주말까지 꾸준히 증가함.

"윤경민 씨. 아직도 공장에 있어요?" 오늘 아침도 역시 사 측에서 우리를 비웃고 놀리는 문자를 보냄. 파업이 끝날 때까지 이 짓을 할지 모른다. 팀장 전화도 왔다. 나는 받지 않았으나 성철과 종필이 받았다. "정리해고자 명단에서 빼 주겠다.", "이번이 마지막이다.", "만나서 이야기 좀 하자."라고 했단다. 성환 형에게는 전화가 없었다.

내가 "형은 강성强性이라서 아예 포기했나?" 했더니 "글쎄 그런가?" 하며 형은 말을 끊지 않고 **"우리는 이윤을 생산할 때만 그나마 볼트와 너트, 스패너가 되는 거야. 우리가 쓸모없게 되면 가차 없이 버리는 게 자본이지.** 그래서 우리는 물러서선 안 돼, 절대!" 단호한 어조에 뒤이어 병관이 "수레바퀴를 막아선 사마귀 꼴 나서는 안 되는데...." 걱정스런 말을 잇는다. 다시 형이 "파업이란 게 말이여, 강력한 선제적 공격 수단이어야 하는디 이번 파업은 사 측의 공격에 몰릴 대로 몰린 수세적 저항이라서 걱정된다."라고 푸념을 한다.

옆에 있던 성철이 "전임 노조가 우유부단해서 망쳐 놓은 거지. 근데 형, 다른 뾰족한 방법이 없잖아?" 했다. "그렇긴 하지, 해 봐야 알겠지만, 사 측에 밀리는 게임 같아서." 성환 형의 불길한 대꾸에도 나는 '길고 짧은 것은 대봐야 알지!' 속으로 중얼거렸다.

5월 26일

어제부터 관리자들과 팀장들이 공장에 들어와 우리들을 회유하고 협박함. 얼추 400명 정도. 오후에 우리가 그들을 모두 공장 밖으로 몰아냄.

큰소리가 나고 욕설이 터지고 삿대질이 오가기도 했다. 우리는 그들을 향해 "세상 그렇게 살지 마라!", "양심도 없냐, 비겁한 짓 그만해라!", "배신자들아, 다시 오지 마라!"라고 소리를 지르며 몰아세웠고 그들은 오래 버티지 못하고 밀려 나갔다. 동준은 보이지 않았다. 안 온 건지 안 보인 건지 모르겠다. 궁금하기는 했지만 우리중 누구도 그에 대해 묻지 않았다.

우리는 다시 바리케이드를 치고, 이미 쳐 둔 바리케이드는 대형 팔레트들을 지게차로 실어 와 보강. 도장공장 앞에는 새로 컨테이너 저지선을 만들어 거점 모두를 요새화함. 작업은 뒷날까지 계속됨. 하루 작업이 끝나고 나니 팀장 문자 떠 있음. "손배소 준비 완료. 냉정하게 판단 바람." **사 측은 우리의 파업을 불법점거라고 주장**하며, 이에 따른 생산 손실을 우리에게 청구하겠다는 심산이다. 적반하장도 유분수지, 그럼 **사 측의 정리해고는 과연 적법한 조치란 말인가?** 미치고 환장하고 팔짝 뛸 일이다.

※ 농성장에서의 식사와 숙박, 화장실

식사는 기본적으로 조합에서 쌀과 김치, 기본 주·부식만 제공하고 나머지는 거점별, 조별로 해결. 우리 조는 인당 1만 원씩 갹출해서 부식과 간식을 해결했고 떨어지면 또 걷기로 함. 개인들이 쌀, 밑반찬, 육포, 초콜릿, 간식들을 준비하기도 하고, 어떤 조는 텐트, 코펠, 버너도 준비함.

경찰 봉쇄가 느슨했던 6월 말까지는 가족들이 싸 온 음식들을 함께 먹고, 비조합원들이 찾아와 식사를 사고 가기도 하고, 돈을 걷어 돼지고기 닭고기를 요리해서 체력을 비축하는 조도 있었다. 식당 운영은 시설팀에서 담당. 경찰의 강력한 봉쇄로 부식이 끊기자 7월 중순부터는 1인 1찬, 마지막 18일 동안은 맨밥에 소금 간만 한 주먹밥으로 해결. 식당 운영팀은 매 끼니마다 수백 개씩 주먹밥을 만들었으니 여성 노조원들의 고생이 이만저만이 아니고, 종국에는 소금이 다 떨어져 주먹밥이 목에 넘어가지 않아 물과 함께 넘겨야 했다. 먹는 것은 그나마 양호했다.

싸는 문제, 배설이 문제였다. 나는 화장실이 문제가 될 줄은 상상도 못 했다. 경찰의 강력한 단수斷水 조치 후의 화장실을 상상해 보라. 물이 안 나오니 1,500명이 넘는 인원의 대소변이 그대로 쌓이고 흘러넘쳐 1주, 2주, 3주.... 용변을 볼 수 없었다. 배고픔은 배설 문제에 비하면 아무것도 아니었다. 그걸 못 견디고 농성장을 떠난 노조원이 있을 지경이었으니까.

식수 문제도 경찰의 단수 이후 점점 심각해졌다. 마지막 2주 동안은 공업용수를 끓여 증류수를 받고 에어컨 냉각수를 모아 밥을 지었고, 그 수증기를 다시 모아 식수로 마셨다. 독한 쇳물 냄새 때문에 자꾸 목에 걸렸다. 비상 식수가 비축되어 있었으나 사태의 추이를 예단할 수 없어 엄격하게 통제됐다.

잠자리는 투쟁 거점별로 해결. 차체공장 500명, 조립공장 400

명, 연구동 400명 수용. 잠자리는 쿠션과 탄력이 있는 은박지 매트가 지도부에서 내려와 깔끔하고 멋진 바닥 침대(?)를 만들었고, 곳곳에 줄을 매달아 빨랫줄로 사용해서 큰 불편은 없었다.

경찰의 봉쇄로 또 하나 심각했던 건 담배 문제였다. 처음에는 별동대를 조직해 경찰의 포위망을 뚫고 조달하기도 했지만 매번 그럴수는 없는 노릇. 전투가 끝나면 짱박아 둔 담배 한 개비씩을 꺼내형은 동생들을, 동생은 형들을 위해 양보해 가면서 한 모금씩 피우며 버렸다. 그러나 종국에는 꽁초를 모아 종이에 말아 피우거나 매트 은박지를 뜯어서 할아버지 곰방대처럼 만들어 해결하기도 했지만, 강제된 금단현상으로 애연가들은 패닉에 가까운 정서 불안과 전의 상실을 겪어야 했다. 오죽하면 동지들이 지도부에 몰려가 민노총에서 헬기를 띄워서라도 담배와 생수만큼은 공수해 달라고 지도부에 건의할 정도였으니까.

5월 28일

회사 인사위원회에서 정리해고자 명단을 확정하여 법원에 제출. 인원수를 들었으나 기억나지 않음.

5월 29~31일

오늘은 지도부가 초청한 기업자본감시본부에서 나오신 분이 L자동차 작년 순손실 약 7,000억 원에 대한 회계 조작과 기획 파산의 가능성을 설명했다. 요약하면 다음과 같음. L 자동차㈜ 재작년과 작년 회계 결산 자료 재무제표에 따르면, 재작년에 약 65억 원의 유형자산 손상차손이, **작년에는 5,150억 원의 유형자산 손상차손이 발생해 작년도 당기 순손실이 약 7,000억 원이란다. 이건 누가 봐도 이해가 되지 않는 황당무계한 일**이라고 했다.

지진과 전쟁이 나지 않는 한, 1년 사이에 5,000억 원 이상의 유형자산 손상차손이 발생할 수 없다는 것이다(이 문제는 나중에 다시 언급하기로 한다.). 백 보를 양보해서 어떤 이유에서 손실이 났다고 치자, 그 손실의 주범은 사 측과 경영진이다. 경영진의 역량 부족과 경영 실패로 손실이 났으니 응당 그들이 책임져야 하지 않는가? 그런데 **그들의 실패를, 밤낮없이 일만 했던 우리들에게 뒤집어씌우고 있는 것 아닌가?**

이게 사실이라면, 왜곡과 조작과 부조리가 숨어 있을 수 있다. 이런 빌어먹을 경우가 있나? 우리 파업이 불법이라고? 거짓 증거를 댄 사 측에 대항해 싸우는 것이?

언론에서 우리를 귀족노조貴族勞組라고 비난한다. 틀린 말이 아니다. 내가 보기에도, 70~80년대 자본과 기업을 상대로 목숨 걸고 쟁취했던 노동권은 어느덧 힘센 노조들의 기득권이 되었고, 그 기득권을 놓지 않으며 그것을 최대한 확대하려고 기를 쓰는 지금의 대기업 노조들은 귀족노조가 맞다. 또한 여전히 열악한 노동 환경에 놓인 비정규직과 비교해도 귀족노조라는 걸 인정하지 않을 수 없다. 그래서 노조 지도부가 지난 3월, **총고용을 전제로 흑자 전환 시까지 모든 노조원은 현재 임금의 50%만 받고**(비정규직은 제외) **노 조원 전원의 퇴직금**(비정규직은 제외)**을 담보로 손실의 책임을 떠안 겠다는 회생 방안을** 사 측에 제시했었다.

비정규직의 부담을 줄이며, '사'의 잘못이 있더라도 '노'가 고통을 분담하고자 했다. 그런데 사 측은 이를 거절하고 정리해고를 단행 했다. **마치 노동자가 잘못해서 적자가 난 것처럼!** 그러니 노조는, 그 제안을 철회할 수밖에 없는 상황에 놓여 있다.

그와 더불어, 비정규직의 실태를 알면서도 그동안 애써 외면했 던 정규직 노동자들의 통렬한 비판과 반성이 있었다. 정규직들은 대오각성 했고, 차별 없는 공장을 만들겠다고 결의를 다졌다. 정규 직이 비정규직을 보듬어야, 좋은 노동 환경을 만들 수 있다는 걸 분명하게 알게 된 것이다.

오후에 조끼, 손수건, 모자, 반팔 티 등 지도부에서 내려온 유니 폼으로 바꿔 입었다. **반팔 티의 등 뒤에 찍힌 구호는 "함께 살자"였 다.** 노동자를 죽이고 회사만 살 게 아니라 노동자도 살고 회사도 살 자, 정규직만 살자는 게 아니라 비정규직도 함께 살자는 것이다.

뒷날 옥상 순찰을 함께 돌던 종필이 "형, 손상차손이라는 게 뭐 여? 유형자산 손상차손이라고 했던가?" 대뜸 묻는 질문에 "나도 잘 몰라. 아마 공장 건물과 생산 라인…. 뭐 이런 게 손상이 됐다는 뜻 아닐까? 근데 왜 손상이 됐다는 건지 모르겠네? 전부 다 말짱

한데.", "아, 그래도 형은 대학물 먹었잖아? 뭐 좀 아는 게 있을 거 아녀?", "중간에 때려치운 대학.... 동준이는 아마 알 거야. 전공이 경영이니까.", "준이 형한테 전화해 볼까? 형이 해 봐." 이미 밤 열한 시가 넘은 시각이었다. "너무 늦었다. 다음에." 그의 말꼬리를 매몰차게 싹둑 자른 것 같아서 내일 꼭 해 보자고 거듭 말하고선, 동준을 다시 볼 때까지 정작 까맣게 잊고 있었다.

6월 2일

노조의 헤드쿼터를 도장공장으로 옮기고 공개적으로 노사정勞社政 교섭 제안. 결의대회나 촛불문화제, 가족한마당에서 자유 발언은 축제의 꽃. 가족 이야기, 연애담, 투쟁 동기, 연대 상황을 누구나 발표하고 말하는 자리. 오늘 대동제에서는 병관이 자유 발언을 했다.

그는 "좌측 전조등은 정규직이, 우측 전조등은 비정규직이 조립하는데 비정규직 월급은 왜 정규직의 반밖에 되지 않는가? 비정규직은 반쪽짜리 사람입니까?" 했다. 와, 하고 함성이 터졌다. "L 자동차 마크가 찍힌 작업복을 입고 똑같이 일하는데 비정규직은 왜 사원증이 아니고 출입증을 달아야 합니까?" 또다시 함성과 함께 박수가 나왔다. "회사는 모든 비정규직을 정규직으로 전환해야 합니다. 경영자들의 능력 부족과 경영 실패를 왜 우리 비정규직이 가장 먼저 책임지고, 왜 가장 먼저 잘려야 합니까? 그동안 고액 연봉을 타면서 왜 그들은 물러나지 않습니까?" 박수가 이어졌고, "여러분, 비정규직 없는 공장을 만듭시다. 정규직과 비정규직이 다 같이 사는 차별 없는 일터를 만듭시다." 그의 목소리는 다부지고 카리스마가 있었다.

6월 4일

사수대에게만 지급되었던 쇠파이프와 안전모를 나도 받았다. 오늘은 어제에 이어 도내道內에 있는 'K 자동차', 'H 자동차', 'H 중공업', 'B 기계'의 노조 방문, 투쟁 활동을 홍보하고 연대 투쟁 동참을 호소함. 공장을 나설 때 가족대책위원회에서 붙인 현수막이 눈에 들어왔다. **"잘못은 회사가. 책임은 우리 아빠가?"** 현 사태의 본질과 핵심을 정확하게 표현하고 있다.

가족대책위의 대부분은 아내들. 아낙네들은 남편이 파업 중이니, 아이들 돌보랴 집안 살림 챙기랴 파업 현장을 오가며 시위하랴 1인 4역, 5역을 힘겹게 감당하는 고난의 행군을 계속하고 있다. 그런데도 남편들이 도움을 전혀 줄 수 없는 현실이니 안타깝기 그지없다.

공장으로 복귀하니 사 측이 띄운 헬기에서 유인물이 뭉텅이로 떨어져 노조원들 청소 중. 유인물을 유심히 읽는 노조원들도 있음. 사 측은 내부 분열과 노노勞勞 갈등을 유발시키고 파업 대오 흔들기를 끝없이 시도하고 있음.

이날은 '죽은 자'인 해고자와 '산 자'인 비해고자를 가르는 정리
해고 통지서를 받은 날. 이미 마음의 준비를 했음에도 불구하고 많
은 노조원들이 충격을 감추지 못했다. 이 통지서가 노동자를 두 편
으로 갈라 쳐, 지역사회에 끔찍한 파장을 불러왔다.

**이날 이후 함께 살던 아파트에서는 해고자와 비해고자가 끼리끼
리 갈라져, 장도 따로 봤고 식당도 따로 갔고 술집도 따로 다녔다.**
인간성을 파괴하는 자본의 만행을 여실히 보여 주는 것이다, D 시
청사 회의실에서 노사정 간담회가 있었는데 노조는 정리해고 2년
유예를 제안하고 6월 7일까지 사 측에 답을 요구함.

사 측과 경찰의 무력 침탈에 대비해 밀가루, 새총, 물풍선, 쇠파
이프 등 무기 사용법을 익히기 위해 모의 비상 훈련 실시. 저녁에는
투쟁가 부르기 대항전 개최. 「단결투쟁가」, 「철의 노동자」, 「질긴 놈
이 승리한다」, 「동지가」, 「금속노조가」, 「파업가」, 「흔들리지 않게」….
노동가요가 공장의 밤하늘에 메아리쳤다.

6월 5일 제안에 대한 사 측 대답이 6월 7일 어제까지 없음. 소문
에는 경영자와 대주주의 의견 충돌로 무산되었다고 함. 그러자 노
조가 3월에 사 측에 제안했던 자구안을 철회하기로 함(노조원의 압
도적인 찬성으로 통과). 앞서 말했지만 자구안의 골자는, 흑자 전환까

지 노조원 임금의 50% 삭감과 퇴직금 담보 제공 등을 담은 회생방안이었다.

그런데 이 안은 정규직과 비정규직 노동자의 총고용을 전제로 했으나 이미 수백 명의 희망퇴직과 1,000명 이상의 노조원이 정리해고 된 마당에, 의미도 없었고 당연한 귀결이었다. 그리고 나중에 알게 되지만, **겉옷을 훔쳐 간 도둑에게 속옷까지 다 벗어 주는 실수를 할 뻔한 위험천만한 제안이었다.**

6월 10일

사 측은 임직원들과 비해고 조합원들을 동원해 방송 차량을 앞세워 「손에 손 잡고」를 틀면서 첫 관제데모를 벌임. 그들은 생산 시설의 관리 유지와 점검을 위해 6월 16일 공장에 진입하겠다고 언론에 발표. 얼마 전부터 공중을 뱅뱅 도는 경찰 헬기는 사 측의 일방적인 주장이 담긴 유인물 살포.

6월 13일

사 측은 '산 자'들, 소위 비해고 조합원들을 동원해 관제데모와 공권력 투입을 촉구하는 궐기대회 연일 개최. 농성장에서 몇 명이 빠져나왔다는 소문을 끊임없이 퍼뜨리고, 시골 노모를 시켜 전화를 하게 하고, 갓 돌 지난 자식의 울음소리를 들려주기도 한다. 야비한 사 측의 심리전과 이간질은 오늘도 그칠 줄 모른다.

분임 토론에서 회사 측의 노노 갈등 유발에 대한 대응책 논의. 그 결과 관제데모에 참석하지 말라는 내용을 가족과 비참여 조합원들에게 편지 쓰기, 전화 걸기, 문자 보내기를 하기로 함. 나도 아내와 동준에게 문자 날림.

6월 14일

하늘에는 헬기가 뜨고 유인물이 뿌려졌고 오후에 관제데모가 있었음. 그런 와중에도 본관 앞에서 가족한마당과 조합원 공연이 있었고 그동안 정부와 사 측, 정치권, 지방자치단체, 언론의 입장과 보도에 관해 집행부의 일목요연한 현황 보고도 있었으나 아무런 진전이 없다고 함. 팀별 팔씨름 대항전, 수박 빨리 먹기, 단체 줄넘기, 족구 대회를 다음 날까지 계속하기로 했다.

오늘은 어머니도 다녀가셨다. 이곳을 보면 걱정이 커질까 봐 그동안 못 오시게 했는데, 속 시원히 보시겠다며 아내를 따라 나섰다고 한다. 차라리 잘됐다. 신문과 방송에서 이곳 소식을 하루에도 몇 번씩 떠들어 대고 있으니 아실 것은 다 아실 테니까. 크게 걱정하지 말라고 하자 알았다고는 하셨지만 걱정을 완전히 더는 표정은 아니셨다.

사태가 빨리 끝나기를, 내가 무사하기를, 매일 새벽 기도하신다며, 주님이 꼭 지켜 주실 거라면서 "망할 놈의 세상. 이놈의 세상이 확 뒤집어져야지." 독백처럼 중얼거리신다. 수척해진 얼굴을 보니 가슴이 후벼 파였다. 엊그제 칠순을 넘기셨다. 얼마나 더 사실는지?

아내는 민주에게 있었던 일을 어렵사리 꺼냈다. "담임 선생님이 지금 공장에서 파업하는 사람은 다 빨갱이라고 하던데. 엄마, 빨갱이가 뭐야?"라고 묻는 민주를 끌어안고 울었다고 하면서 아내의 눈자위가 다시 붉어졌다. 나는 아내의 등을 쓰다듬으며 당장 학교로 달려가 그 선생을 박살을 내고 싶었다. 나는 빨갱이도, 좌익도, 폭도도 아니다. 사 측의 부당한 처사에 항거하는 대한민국의 일개 소시민일 뿐이고, 가족의 생존을 위해 내가 내 발로 걸어 들어온 공돌이일 뿐이다.

선생이라는 사람들의 의식 수준과 지적知的 수준은 고작 이 정도밖에 안 되는 꽉 막힌 하류下流들이다.

6월 15일

사 측의 폭력적 공장 진입 계획 문서가 어느 방송사에 의해 공개됨. 이에 따르면 비해고 노동자들은 각 조별로 갈고리, 포클레인, 지게차로 공장 울타리를 무너뜨리고 진입한다. 그리고 동원된 인원과 방법, 공장 진입 경로 등이 자세히 기술되어 있다고 기자는 밝혔다.

시설부 소속 비해고 조합원이 팀장에게 받은 문자도 공개됐다. "출근 체크함. 내일 8시까지 주차장으로 모여라. 직단위로 출근데

모 있으니 안 나오면 결근. 그 자리에 없어도 결근입니다."라고 적힌 핸드폰이 화면에 비쳤다.

6월 16일

8시 경찰 10개 중대가 배치되고 관리자들과 용역들이, 정문에서 시위 중인 L 자동차 가족대책위원회를 무력으로 몰아낸 후 공장 진입 시도. 이 과정에서 심한 몸싸움이 있었지만 대부분이 아녀자 들인 가족대책위는 속절없이 밀려날 수밖에 없었음.

앰프를 싣고 대형 스피커를 지붕에 매단 봉고를 필두로 본부장 과 부장이 마이크를 잡고 "회사를 살려야 하니 파업을 중단하라." 라는 정신없는 소리를 하자 노조 방송 차량에서 "니들이 회사 망하 게 놓고 어찌 고따위 말을 할 수 있냐?"라고 응수했다. 사 측 스피 커에서 "파업 철회 조업 재개, 회사가 살아야 너희가 산다."라고 미 친 소리를 지껄이자 "가족이라던 직원들에게 더 이상 비수를 꽂지 마라. 비해고자 강제 동원과 폭력 조장 중단하라!"라고 외쳤다.

4대 종단 대표들이 정문에서 **"회사는 정리해고 대상자와 비대 상자 간의 갈등과 대립을 조장하지 마라.** 평화적 해결이 아닌 밀어 붙이기식 대결을 조장해 공권력을 투입하려는 계획을 즉각 중단하 라."라고 성명서 발표.

금속노조도 범도민대책위원회와 공동 기자회견을 갖고 "사람 죽이는 관제데모, **공권력 투입 명분 축적 쇼를 당장 그만두라."**라고 입장문 발표. 오전 10시. 후문과 4초소에서 사 측은 수백 명의 관리자들에게 갈고리, 밧줄, 절단기를 배포하고, 2,000여 명의 관제데모대도 정문, 후문, 남문을 에워쌌다.

그들 가운데 우물쭈물 서성이다가 뒤로 물러나는 사람들도 많았다. 사 측의 집요하고 간교한 협박에 못 이겨 막상 나오긴 했으나, 차마 우리에게 적대적인 행동을 할 수가 없었던 모양이다. 그들이라고 어찌 마음이 편하겠는가? **'산 자'들 역시 살아도 산 것이 아닐 것이다. 그러니 갈등을 견디다 못해 목숨을 끊은 비해고 노조원도 있었다.** 그를 이해한다. 회사에 찍혀서 해고되는 일만큼은 피하고 싶었을 것이다. 하지만 결국 **가족의 행복과 자신의 생명을 지키지 못한 것 아닌가!** 제기랄, 자본의 만행은 도대체 어디까지인가?

그런데 관제데모대가 오후 1시경 후문에 집결해 자진 해산했고 경찰들도 일시 물러났다. 그들의 의외의 행동에 무슨 꿍꿍이속이 있지 않을까 긴장했으나 그 뒤에도 별 특이한 상황은 발생하지 않음.

6월 17일

어제는 큰 충돌이 없어 한시름 놓았다. 오후가 되자 웬일로 사 측에서 협상 제안이 들어와 간부들이 시청 회의실로 출발, 기대를 모았으나 밤이 돼서 복귀한 대표단은 서로 입장만 확인했다고 발표. 우중충한 날씨다. 비라도 내려 공장을 휘감고 있는, 이 지랄 맞은 공포와 불안과 걱정을 씻어 줬으면 좋겠다.

6월 18일

오전에 협상 대표단은 시청으로 출발, 오후가 되자 관제데모대가 공장에 진입, 심한 몸싸움은 없었지만 오후 내내 양측이 일촉즉발의 긴장감 속에 대치했다. 지금이라도 이곳을 떠나 저곳에 가서 저 무리와 섞이면 나도 '산 자'가 될 것이라는, 말도 안 되는 생각이 얼핏 스치기도 했다. 정신을 차리고 잠시 흔들렸던 나를 자책하며 마음을 다잡았다.

그동안 모자와 마스크만 썼던 사 측 구사대求社隊가 오늘은 드디어 테러범 복면을 쓰고 나타났다. 자신들의 얼굴이 감춰지자, 이후 그들은 물 만난 고기처럼 과격하게 날뛰기 시작했다.

석식 후 파업대는 결의대회를 가졌고 3단 구호 외치기도 했다. "우리는 동지다. 살아도 같이 살고 죽어도 같이 죽는다. 동지를 믿고 나를 믿고 정리하고 박살 내자!", "노동자는 하나다. 똑같이 일하는데 정규직이 어딨고 비정규직이 어딨냐. 원·하청 단결하여 비정규직 철폐하자!" 또 5인 6각 경기, 집단 줄넘기, 물풍선 던지기, 돌발 퀴즈 등 여러 가지 게임을 하며 동지애를 다졌다.

6월 19일

오늘도 양측은 크고 작은 충돌 있음. 경찰은 개입하지 않은 채

각 문마다 공장을 포위. 저녁에는 금속노조 상경총력투쟁 야간 문화제도 열어 다른 지역 노조원들과 밤새도록 대화와 토론을 했고, 입에 거품을 물며 사 측과 정권을 질타하던 어떤 노조원은 큰 박수와 환호를 받기도 했다. 그들은 우리 잠자리에 끼어 눈을 붙였다.

6월 20일

이른 아침부터 금속노조 결의대회를 가졌다. 노조 지부장이 나와 그동안 노사 협상에 관한 진행 사항을 보고했다. 한마디로 밀당은 있지만 진전은 없다는 것이다. 협상이 이상하게 자꾸 겉도는 게, **사 측의 '시간 끌기'와 '생색내기' 전략**에 말려드는 것 아닌가 하는 의심이 들기 시작했다.

사 측은 협상 중에도 공장 침탈을 시도했고 어느 때보다 과격했다. 사 측은 구사대에게 "파업 노동자를 죽여야 우리가 산다. 저들이 살면 우리가 죽는다."라고, 핏대를 올리며 미친 듯이 선동하고 있다고 한다. 정말 옳은 말이다. **우리가 승리하면 저들이 저지른 죄악이 낱낱이 드러나기 때문에** 우리를 두려워한다. 그렇다. 똥구멍이 구린 놈들이니 우리를 죽이고 싶을 것이다.

6월 21일

가족의 날 행사에 식구들이 왔다. 사 측은 용역 경비를 고용해서 경찰과 함께 입구를 통제했고, 음식, 간식, 의약품 반입을 저지했다고 한다. 빵과 케이크를 경찰이 압수하려 하자 형수님과 아내가 "음식을 빼앗으면 안에 있는 사람은 굶어 죽으라는 말이냐, 국민의 생명을 보호해야 할 너희가 어찌 이 나라 경찰이냐?"라고 한바탕 소란을 피우고서야 겨우 통과할 수 있었다고 한다. 그래서인지 빵은 더 맛있었고 바게트는 비상식량으로 아껴 두었다.

성철 마누라가 "김정섭 씨 알죠? 여름휴가 몇 번 같이 갔던 정섭 씨? 그 사람이 관제데모대에 끼어 있어서 내가 '아저씨, 아저씨만 살자고 우리를 죽이는 거예요? 양심도 없나요?' 했더니, 내 눈을 피해 로봇처럼 서서 '파업 철회 조업 재개' 구호를 외치더라고요. 어찌 그럴 수 있어요?"라고 하니, 성환 형이 "그 사람들은 그렇게 사는 거고 우리는 우리 식대로 사는 거고, 그런 거지 뭐." 하며 말을 받았고, 뒤이어 성철이 거든다. "그렇게 살다 뒈지라고 내비 둬!"

저번에 오지 못했던 병관의 집사람도 애들과 함께 왔다. 가족들 모두가 둥그렇게 앉아 음식을 꺼내서 막 수저를 드는데, 경찰 헬기 한 대가 남쪽에서 낮게 날아와 거친 프로펠러 소리를 내며 북쪽으로 사라진다. 순식간에 모든 음식이 아스팔트 먼지와 흙모래로 뒤덮였다. 씹할 놈, 저들이 인간인가? 저들이 도대체 대한민국 경찰 맞냐고? 이렇게 시시하고 조잔한 짓까지 해야 하나? 참 한심한 경찰이다. 누군가 "아, 정말 개새끼네!" 저쪽에서도 "니미 씹새끼, 저런 놈도 경찰이라고!" 한다. 우리는 할 말을 잃고, 아쉬운 대로 버린 음식을 걷어 내고 다이어트 식사를 했다.

그렇다. 강한 자는 자신의 힘을 마음껏 과시하며 만용을 부린다. 그리하여 그들의 강한 힘을 사정없이 보여 주고자 한다. 가장 힘이 세다는 국가가, 바람 앞의 등불 같은 노동자들에게 그 힘을 쪼잔한 방법으로 보여 주고 있다.

며칠 전 민주가 초경이 있었다는 아내의 문자를 받았다. 민주에게 축하의 말을 건네고 싶었지만 적당한 말이 떠오르지 않았다. 어린 딸아이가 어느덧 여자가 되다니. 집에서라면 축하 선물을 준비했을걸.... 파업으로 인해 따뜻한 생활도, 행복한 일상도, 단란한 가정도 모두 사라졌다.

예상대로라면 파업은 지금쯤 끝나야 했다. 하지만 그럴 기미조차 보이지 않는다. 협상은 진척이 없고 **정부와 여야 정치권, 어느 누구도 사태 해결을 위해 발 벗고 나서지 않는다. 지역 국회의원과 시장이 두어 번 다녀간 것 외에 도지사와 도의원, 시의원은 이 현장에 코빼기도 보이지 않는다.**

그들은 항상 무언가 바쁜 척하지만 정작 국민들이 원하는 필수 불가결한 업무는 이 핑계 저 핑계를 대며 뒤로 미루는 족속들이다. 그런데도 국가의 녹을 따박따박 받아먹고 산다.

도대체 이 지난持難한 싸움은 언제 끝날 것인가? 아내와 아이들이 친구 가족들과 이야기꽃을 피우다가 갔지만 씁쓸한 마음은 가시지 않았다. 공장 안에 들어온 후 가장 외로웠던 하루였다.

6월 22일

테러범 복면을 쓴 구사대가 용역을 앞세우고 공장 침탈 시도. 주요 거점마다 총력 대응. 성철이 선두에서 밀고 당기다가 넘어져 왼쪽 무릎이 깨지고 종아리에 찰과상을 입었다. 넘어져서 밟히는 바람에 크게 다친 사람도 있었다. 사 측은 점거 파업 중인 노조 간부 40명을 상대로 50억 원의 손배 청구 소송과 임금을 가압류했다고 함.

오늘은 사 측이 일당 이삼십만 원씩을 주고 고용했다는 용역 깡패까지 본격적으로 싸움을 걸어옴. 얼추 사오백 명 되는 그들은 감색 유니폼에 똑같은 모자를 쓰고 플라스틱 사제 방패를 들고 절도 있게 움직였다. 이런 현장을 찾아 해결사 노릇을 하는 추잡스런 직업이다.

6월 26일

오전 10시. 사 측은 시청에서 기자회견을 갖고 사 측 최종안을 일방적으로 발표. 정리해고자 1,000여 명에 대해 희망퇴직자, 영업 전직자, 3년 무급휴가자 3등급으로 구분 처리하고 일부 부서는 비용 절감을 위해 분사分社시킨다고 공표. 분사란, 사내 하청을 만들어 정규직을 비정규직으로 바꾼다는 뜻이다. 노조는 즉각 반발했다.

노조가 사 측 안을 거절하자 그걸 빌미로, 오후 1시 경찰은 기다렸다는 듯이 10개 중대를 증파해 공장을 포위했고. 사 측 구사대와 용역들이 4초소 방어막을 순식간에 무너뜨리며 공장으로 난입했다. 대략 3,000명 정도가 벌 떼처럼 달려들어 기숙사와 연구동의 주차장 철조망을 절단기와 갈고리로 자르고 걷어 내려 했다. 폭력을 써서는 안 된다는 지도부의 지침에 따라 사수대는 그들을 맨몸으로 밀어냈지만 쇠파이프를 휘두르는 용역과 구사대의 폭력 앞에는 속수무책이었다.

연구동과 기숙사 사수대는 비상이 걸렸다. 그들은 엄청난 폭력으로 사수대를 공격했다. 양측의 공방전은 한참 계속되었으나 사수대의 힘이 기울어지면서 용역들이 철조망을 걷어 내고 위쪽으로 밀어붙이면서 올라왔다. 노조 집행부는 급히 예비 사수대를 투입시켜 스크럼을 짜고 인간 방패를 만들어 그들을 밀어냈다. 종필과 병관은 이미 투입되었고 성환 형과 나도 급히 뛰어 내려가 사수대와 합류했다. 용역들은 사수대를 끌어내 스크럼을 무너뜨리려 했고, 사수대는 이를 악물고 버티며 더 견고한 스크럼을 만들고자 했다. 서로 밀고 밀리는 힘의 공방이 계속되었고 선두에 선 사수대는 옷이 다 찢기고 안전모와 신발이 벗겨지고 밟히고 깨졌다.

사수대는 한솥밥을 먹던 구사대에게 차마 쇠파이프를 휘두르지 못한 반면, 구사대와 용역들은 쇠파이프를 마구 휘둘렀다. 그러니 처음부터 승패는 뻔했다. 집행부도 모든 인원을 동원해 저지선 지키기에 안간힘을 썼으나 전투력의 열세를 극복하지 못하고 오후 5

시쯤 기숙사 저지선이 돌파당했다.

할 수 없이 사수대는 완성차검사장으로 물러나 그곳 저지선에서 다시 용역들과 대치하였다. 그들은 사제 방패를 든 용역들이 앞서고 그 뒤에 구사대가, 그 뒤에 전경들이 방패를 들고 서 있었다. 이 과정에서 노조 간부 다섯 사람이 사복 경찰에게 체포되고 노조 방송 차량도 파손되었다.

이날 첫 정면충돌에서 사수대는 힘 한번 써 보지 못한 채 물러났다. 우리는 순진했고 나중에 지도부도 반성했다. 사수대는 맨몸으로 막은 반면, 전임 노조의 간부와 그 대의원들은 선두에 서서 용역들을 지휘하며 물불을 가리지 않고 우리를 공격했다. 어제의 동지가 오늘의 적이 된 지금! 그들은 그들대로 살기 위한 몸부림이었고 우리는 우리대로 불가피한 선택이었다. 그렇지만 구사대 앞에서 날뛰던 우리 팀장과 김 팀장은 괘씸하기 짝이 없다. 자신들이 회사를 구할 영웅이나 된 듯 길길이 날뛰는 한심한 작자들, 하이에나 같은 인간들!

오후 6시 용역들이 다시 지게차로 정문 컨테이너를 밀어제쳤고 천막을 부수며 본관을 공격했다. 사수대는 돌멩이, 깡통, 벽돌, 콘크리트 조각, 헬멧 등 던질 수 있는 모든 것을 닥치는 대로 던지며 막아섰지만 1시간 후 본관 건물은 잘 훈련된 용역들의 수중에 들어가고 말았다. 본관을 장악한 사 측은 박수를 치며 함성을 질러댔다.

사 측은 지게차로 정문 컨테이너를 철거하고 그 자리에 용역들을 배치시켰으며, 그곳에 텐트를 치고 있던 가족대책위 회원들은 정문 밖으로 쫓겨났다. 정문 안쪽을 장악한 용역들은 4열 횡대로 서서 덩치 좋은 대장이 부는 호각 소리에 맞춰 쇠파이프를 바닥에 팍팍 찍으며 기세를 올리고 힘을 과시했다. 완성차검사장의 대치선과 연구동 쪽 저지선도 일촉즉발의 긴장감이 감돌았고 자정이 되도록 용역들과 사수대 사이에 산발적인 전투가 벌어졌다.

지금까지 내 상황을 정리하면

지금까지 나는 사회의 제도와 체제에 맞춰 순응해 왔고, 노조의 파업과 데모에도 적당한 거리를 두었다. 정에 맞지 않도록 모가 나지 않도록 처신해 왔다고 할 수 있다. 그런 나를 기회주의자라고 손가락질한다면 할 수 없지만, 내 스스로는 그렇게 생각하지 않는다.

정확한 표현이 아닐지 몰라도, 19세기적 표현을 빌자면 쁘띠부르주아라고나 할까. 공돌이는 공돌인데 프롤레타리아가 아닌, 체제와 제도에 길들어지고 순응하며 자기보존적인 생활을 추구하는 쁘띠부르주아. 누구에게 주는 것도, 받는 것도 없이, 커다란 야심도 탐욕도 없이 소심한 세상을 살아가는 사람. 그게 바로 나였고, 바로 그게 문제였다. 시대의 가치와 정의, 심대한 사회적 문제를 애써 외면하며 나와 내 가족만 잘 살면 그만이었다.

그런데 다소 고민스럽게 참여한 공장 파업에서 느닷없이 회사의 부정과 조작과 협박에서부터 정부의 무능과 폭력, 공무원들과 위정자들의 복지부동, 남북 분단에서 비롯된 이념 대립과 이념 과잉에 이르는 이 땅의 역사적 모순과 폐해가 응축된 용광로 속으로, 미친 전쟁통 속으로 순식간에 빠진 것이다. 한순간에, 기습적으로! 뭣 대 주고 뺨 맞는 기분으로, 심각하게 당한 것이다. 엉겁결에 악의 세계, 부정부패의 세계와 맞서 정신이 번쩍 들었다. 내가 태어나기 전부터 존재했던 왜곡된 역사와 아픈 사회구조를 보게 된 것이었다. 통렬한 자각과 반성이 있었다.

어리석고 근시안적이며 자기밖에 모르는 쁘띠부르주아 놈! 바로 나였다! 나는 이제야 눈을 떴고 비로소 반동적이고 반사회적인 인간이 되었다. 공돌이의 근성을 갖게 된 것이다.

칼 맑스 할아버지의 경제철학적 난해한 이론을 한마디로 정리하면, '노동은 신성하다.' 왜냐하면 생산수단 중 유일하게 노동만이 창조적인 가치를 생산하며, 사람은 노동을 통해 자신을 상품으로 전화轉化시켜 자기를 발현하고 자아를 실현하기 때문이다. 그렇다. 이 노동의 가치와 정의는 어떠한 야만의 시대에도 반드시 확인되고 획득되어야 한다.

일전에 민노총과 함께 했던 결의대회에서 민노총 간부는 이런 강연을 한 바 있다.

우리들 대다수는 노동자이면서 노동자가 아닌 척 살고 있다. 학생을 가르치는 선생님도 노동자고 학생도 알바를 하면 노동자다.

각국은, 국민에게 심각한 불편을 주는 살벌한 권리인 노동권을 보장한다. 왜 그럴까? 산업혁명 이래로 수백 년 동안 진행된 산업화 과정에서 수많은 사건과 경험과 연구를 통해 그 유익함이 밝혀졌기 때문에 그 불편과 손해를 감수하는 것이다.

그런 나라들은 이런 사실을 교육을 통해 가르치는데 우리나라는 그렇지 않다. 우리나라처럼 노동 교육을 하지 않는 나라도 드물다. 왜일까? 여러 이유 중 하나는, 개발독재 초기 노동 집약적인 수출 공업화 전략에 맞춰 저임금 장시간 노동을 유지하기 위해 박정희 정권은 노동운동을 철저히 통제하고 압살해 왔는데 그것이 관례화되고 고착화된 결과다.

더구나 이에 편승한 사업주들과 경영자들은 가난하고 힘없는 **어린 노동자들의 노동권을 짓밟아 그들의 피눈물 위에 부를 축적하고, 저항하고 파업하는 노동자를 좌파 빨갱이로 몰아세우며 공격했다. 이런 사업주와 경영자들을 감시, 감독하고 처벌해야 할 노동청 공무원들은 이들로부터 뒷돈을 받아 챙기며 이들을 두둔하고 오히려 노동자를 핍박했으니** 미치고 환장할 노릇 아닌가. **이 나라 경제 발전은 어린 여공들이 자신의 몸을 갈아서 만든 것이다.** 심지어 사 측의 사주使嗾로 칼과 몽둥이를 들고 파업 노동자를 공격하는 용역 경비들도, 종북 세력을 진압하는 사명감으로 일한다고까지 말한다고 한다.

공장에서 일하는 공돌이만이 노동자가 아니라 사업주와 경영자가 아니면 모두 노동자다. 다른 나라에서는 예술가, 경찰관, 소방관, 심지어 판사와 부처 차관도 노동자이며 노동조합에 가입해 노조 활동을 한다. 우리나라 법에도 사업주와 사업의 경영 담당자, 근로자에 대해 사업주를 위해 행동하는 자를 제외하고 나머지 모두는 노동자라고 규정하고 있다. 보통 회사로 치면 부장 이상은 사용자고 그 나머지는 다 노동자인데도 자신을 노동자로 보지 않는다. 그러다가 막상 자신이 노동 문제로 곤경에 빠지게 되면 그때서야 비로소 노동자가 되고 자신의 문제가 되는 것이다. 평소에는 노동 문제를 소 닭 보듯 하다가!

전화벨이 울렸다. 그의 아내였다. 퇴근 안 하고 뭐 하시냐고 하기에 시계를 보니 밤 열 시가 지났다. 그는 읽은 페이지를 접어서 표시하고는 노트를 들고 사무실을 나섰다. 집까지 걸어서 이십 분. 길을 걸으며 그는 그 노트에 언급된 그때 그 어린 여공들을 회상해 보았다. 자신의 나이 또래이니 지금은 이미 육십 대를 넘어선 그들은 생활 전선에서 아직도 청소부로, 돌봄도우미로, 식당 찬모로 전전하며 어디선가 시간제 비정규직 노동자의 생활을 여전히 이어 가고 있을지 모를 일이다. 그러니 세상이 바뀌고 세월이 흘러도 그들에게 근무 환경은 예나 지금이나 특별히 달라진 게 없는 반면, 그때 공장 생활을 함께했던 학생 노동자들과 노조 간부들은 국회의원이 되고 고위 공직자가 되기도 했다. 그들이 국회의원과 고위 공직자가 되었다고 배가 아픈

게 아니라 개중에는 올챙이 시절을 잊은 개구리 행동을 하는 이들이 있으니 하는 말이다.

또한 이 나라 근대화와 산업화도 박정희 정권의 추진력만이 아니라 어린 여공들의 처절한 희생과 아픔을 짓밟고 이룩한 것이기도 했다. 따라서 박정희 정권의 공로만을 기억할 게 아니라, 지금은 모두 중로中老의 할머니가 되었을 그때 그 어린 여공들의 희생과 헌신과 아픔도 잊어서는 안 될 것이다. 지금의 이 나라가 하늘에서 그냥 뚝 떨어진 게 아니라는 걸 기억해야 할 것이다.

집에 도착한 그는 앞으로의 전개가 궁금해서 대충 얼른 발만 닦고 책상에 앉아 접었던 노트를 펼쳤다.

　오늘은 오전부터 충돌. 구사대는 남문과 본관을 거점으로 도장
2공장 방어선으로 진입을 시도했고, 용역들은 사제 방패를 들고 헬
멧을 쓰고 도장공장과 조립공장을 잇는 컨테이너 저지선을 돌파하
려 했다. 이렇게 되면 파업대의 방어선이 3면으로 포위된 꼴이었다.
처음부터 양측의 싸움은 격렬했다. 용역들의 쇠파이프와 소화기의
무지막지한 선제공격은 사수대의 전투 본능을 자극했다. 사수대는
더 이상 당하지 않았다. 가차 없이 본격적으로 무력 대응으로 맞섰
다. 용암처럼 폭발하는 사수대의 분노는 용역들의 기세를 누르고
도 남았다. 하늘에서 사 측 헬기가 지휘하고, 용역과 구사대는 일
사불란한 입체 작전을 전개했지만 사수대와 타격대의 위세에 눌려
더 이상 전진하지 못하고 뒤로 물러나기 시작했다.

오후 3시. 누군가의 신호가 떨어지자 파업 대오가 일제히 함성을 지르며 본관 앞으로 밀고 내려갔다. 지게차를 필두로 본관 앞 용역들이 쳐 둔 천막을 걷어 내고 쇠파이프를 휘두르며 세차게 공격했다. 파업 대오의 공격력에 한참 밀려 후퇴하던 용역들과 구사대가 다시 힘을 모아 밀고 올라왔다. 양측 사이에는 백병전이나 다름없는 전투가 벌어졌고 파업 대오가 조금씩 뒤로 밀리면서 미처 빠져나오지 못한 지게차가 구사대 진영 안에 고립되었다. 그들은 지게차 운전자를 끌어내 집단 폭행했다. 파업 대오가 이들을 구하려 했으나 용역들의 공격에 한쪽 대열이 무너지면서 도리어 도장공장 저지선까지 후퇴하지 않을 수 없었다. 이 과정에서 무수한 부상자가 발생했다.

고립되었던 지게차 운전수 노조원은 쇠파이프에 머리를 맞아 병원으로 이송되었고 용역들이 던진 소화기에 맞아 이가 부러진 노조원, 머리가 터져 피가 흐르는 노조원, 코뼈가 함몰된 노조원.... 어제와 오늘 32시간의 충돌에서 50여 명이 큰 부상을 입고 10명이 연행되었다. 옥쇄파업 이후 가장 격렬한 싸움이었으며 구사대와 용역들도 다수의 부상자가 발생했다.

사수대가 저지선에 불붙인 폐타이어의 새까만 연기가 공장 전체를 뒤덮고 승용차 한 대가 불에 타 앙상한 뼈대만 보였다. 전쟁터가 따로 없었다. 우리 조도 성환 형과 태섭 씨, 윤기원 씨가 부상을 입어서 밤늦게까지 교대자가 없었다. 종필과 저지선에 붙어 주먹밥으로 해결한 저녁은 입맛이 썼고, 자정까지 용역들의 공격을 막아야 했다. 용역이 휘두른 방패로 맞은 어깨는 욱신거리고, 땀으로 범벅이 된 몸은 파김치처럼 축 늘어졌다. 옥쇄파업 시작 이후 가장 긴 하루였다.

밤하늘에 고무다라만 한 둥근 달이 떴다. 청명한 달빛에 투사된 공장의 검푸른 밤안개는 신비감마저 자아냈다. 고즈넉하고 평화로웠던 이 공장이 생과 사의 전쟁터라니? 순찰을 도는 젊은 경찰들의 느리고 조용한 발등에도 맑은 달빛이 흐른다. 유년 시절에 읽었던 소월의 시가 뇌리를 스쳤다.

예전엔 미처 몰랐어요

봄 가을 없이 밤마다 돋는 달도
'예전엔 미처 몰랐어요.'
…

달이 암만 밝아도 쳐다볼 줄을
'예전엔 미처 몰랐어요.'

이제금 저 달이 설움인 줄은
'예전엔 미처 몰랐어요.'

오전 10시. 본관을 점거했던 구사대가 갑자기 긴급 기자회견을 열었다. "L 자동차 임직원들은 스스로 힘으로 일터를 지킬 수 없어 공장을 떠난다."라고 밝혔다. 파업대의 공격도 없는데 본관을 포기한다? 이는 경찰의 개입을 유도하기 위한 치사한 전략이면서 그 빌미를 만들기 위한 얄팍한 잔꾀였다.

그런 가운데 파업대는 오후에 본관과 주변의 온갖 쓰레기와 오물들, 전투의 잔해들을 치워 내고 청소했다. 파업이 끝나는 대로 바로 공장을 돌려야 할 터이니 빌어먹을, 우리가 해야만 했다.

본관 내부는 여기저기 파손되고 깨지고 산산조각이 나 있었다. 공장에 어둠이 깔리면서 혹시 야간 공격으로 뒤통수치는 것 아닐까 하는 긴장 가운데 밤을 보냈고, 밤늦게 비까지 내렸다. 어디선가 하모니카 소리가 들렸다. 고개를 들어 보니 다른 조의 한 동지였다. 싱글 주법으로 「에델바이스」와 「스와니강」, 「등대지기」, 「섬집 아기」…. 애잔한 음이 공장 안에 퍼졌다. 비는 다음 날 아침까지 계속되었다.

어제와 오늘 충돌이 없었다. 저녁에는 경찰이 공장을 다시 봉쇄했다. 약 20개 중대 배치. 출입 통제와 신분증 검사로 가족 출입도 제한, 외부 세력 차단을 위한 고립 전략이었다. 그들이 말하는 외부 세력이란 집행부에 합류한 민주노총과 금속노조의 간부들과 지원 인력을 말한다. 이들의 지원과 연대는 천군만마와 같은 힘이 되고 있다.

이를 두고, **채권단에서 임명한 관리인이 수많은 언론 앞에서 "파업 현장에 침투한 외부 세력이 파업을 좌경화, 폭력화하고 있다."라고 어처구니없는 소리를 지껄였다.** 사 측과 자본이 이런 현장에서 으레 씨불이는 뻔한 전략이라고 한다. 우리는 좌익도 우익도 모른다. 오직 생존권을 지키기 위한 것뿐이고, 폭력은 사 측과 구사대가 먼저 시작했다.

7월 1일

사 측은 공장 급수장 펌프를 파괴하여 공장 물 공급을 차단했다. 지도부는 펌프 수리조를 긴급 투입해 복구하고 급수장 경비를 강화함.

도경찰청道警察廳은 D 시 경찰서에 특별 수사본부를 설치하고 체포 영장이 발부된 지부장을 비롯한 노조 간부 13명의 검거를 발표했고, 사 측이 L 자동차 파업 투쟁 지지 단체 소속 651명을 건조물 침입 및 업무방해 혐의로 D 경찰서에 고소했다는 개지랄 같은 소식이 전해지자, 성환 형이 "어쩐 일인지, 이 나라 파업은 모조리 불법이야! 적법 파업은 하나도 없어. **불법점거라고 떠들어 대며 노동자만 때려잡고 기업주와 경영자는 건들지도 않아. 지금도 봐, 경영자**

들은 흉악한 범죄를 저질렀는데도 갸들은 한 놈도 안 잡아가고 애먼 우리만 잡아가잖아! 국가마저 자본의 도구가 되어 노동자만 때려잡아요. 이게 무슨 제대로 된 나라여?" 흥분된 넋두리를 늘어놓는다.

내가 "이 나라에서 책대로 된 걸 본 적이 있어?" 하니, 잠자코 있던 성철이 "그러니까 형님, 돈만 있으면 대한민국이 최고 살기 좋은 나라라고 하잖아. 우리나라 좋은 나라, 화려한 금수강산. 억울하면 출세하세요. 형님도 돈 좀 왕창 벌지 그랬어!" 시니컬하게 말을 받자, 성환 형이 "그런 용빼는 재주가 있었으면 지금 여기 있겠어? 나쁜 짓도 노상 하는 놈들이 하는 거여. 우리 같은 무지렁이들은 하라 해도 못 해." 자신이 없는 듯 힘없이 대꾸했다.

7월 4일

밤 9시 공장 전체 전기가 나갔다. 농성 조합원 총회 중이었는데 사 측은 어떻게 알았는지 단전시켰다. 공장이 암흑으로 변했다. 이번에는 전공들 움직임이 분주해졌다. 나도 전기는 좀 아는 편이라서 비상 전력 확보에 힘을 보탰다. 각 공장의 비상 발전기를 돌리고, 전산실 CCTV 카메라와 엘리베이터 등 비상 전류가 흐르는 지점을 찾아 새로 전선을 포설해서 연결했다.

총회 중인 도장공장에 형광등이 다시 들어오자 와— 하고 탄성이 터졌다. 하지만 전류가 약해서인지 이내 불이 깜박거렸다. 이후

총회는 마이크 사용이 어려워 생목소리로 진행되었고 노조원들의
집중도는 오히려 더 높았으나 서둘러 회의를 끝내고 잠자리에 들어
야 했다.

7월 5일

'산 자'인 **비해고 조합원들의 일부가 모임을 만들어 파업 동료들
의 투쟁을 지지하며 노와 사 양측 모두에게 해결을 위한 결단을
촉구하는 기자회견**을 하던 중, 사 측의 방해로 중단되었다고 한다.
약자라서 겪을 수밖에 없는 또 하나의 안타까운 사건이다.

경찰의 공장 봉쇄의 강도가 강고해지고 있다. 사 측은 기자들을
불러 경찰 투입을 공개적으로 요구하고 있다. 오늘은 노조에서 확
보한 비상 발전기를 가동해 단전의 불편을 다소 해소했다. 그러나
그것도 최후의 항전 전까지였다.

7월 11일

사 측이 비해고 노동자들과 협력사 직원 가족까지 동원해 4만
8,000명의 서명이 담긴 공권력 투입 촉구 탄원서를 도와 시와 경
찰서에 제출했다고 한다. 이는 경찰의 무력 개입의 정당성을 확보
하려는 계산된 수법이었다.

무쇠 덩이도 녹일 듯한 더위 속에서도 실전 같은 전술훈련을 반
복했다.

오전 11시. 급성 저혈당 위급 환자가 발생해 병원으로 이송했으나 경찰의 봉쇄로 하마터면 노조원 생명이 위험할 뻔했다. 경찰의 잔악한 고립 작전을 확인하는 사건. 아침부터 30도를 웃도는 푹푹 찌는 더위에 단수, 단전, 가스 차단, 의약품 차단, 모든 음식물 차단.... 7월 초부터 파업대를 옥죄어 고사枯死시키려 한다. 시간이 갈수록 파업대에게 견디기 힘든 시간이 되고 있다. 단수로 인해 화장실 변기에 대변이 쌓이고 소변기는 온통 누렇게 변색되어 지린 암모니아 냄새가 진동을 한다. 충분치 않지만 소화전 물을 받아 만들고 있는 임시 수세식 화장실과 몇 군데의 푸세식 화장실이 완성되기 전까지 큰 것은 공장 밖 후미진 곳에서 각자의 방법으로 해결해야 했다.

마침내 사 측의 계략대로, 30여 개 중대로 증강된 경찰이 본격적으로 쳐들어옴. 오전 9시. 도경찰청장의 공권력 전진 배치 발표와 함께 경찰은 포클레인을 앞세워 한 패는 정문에서 본관을 공격했고 다른 한 패는 후문과 4초소로 치고 들어왔다.

파업대의 저항은 처음부터 거칠고 조직적이었다. 그동안 터득한 학습 효과와 훈련 덕분에 어느덧 전사적인 단련된 면모를 갖추고 있었다. 미리 폐타이어에 불을 질러 경찰의 접근을 막고, 각 저지선에서 사수대는 쇠파이프와 각목과 소화기로 맞대응하며 용역들을 공격했고, 옥상에서는 경찰을 향해 새총을 쏘아 대며 지상의 사수대를 지원했다. 사 측은 정리해고 비대상자 2,000여 명을 정문에 집결시켜 경찰과 용역들을 지원했으나 파업 대오의 일사불란한 저항 때문에 방어선을 좀체 뚫지 못했다. 크고 작은 공방전은 계속되었으나 전선은 교착 상태로 움직이지 않고 오후 2시경에는 소강 국면으로 들어갔다.

하지만 오전부터 공장을 빙빙 도는 헬기의 선무宣撫방송은 계속되었다. 바람에 끊기고 소음에 묻혀서 잘 들리지 않았지만 내용은 이랬다. "여러분은 외부 세력의 농간에 속고 있다. 외부 세력과 노조 주장은 허황되니 수용할 수 없다. 민주노총과 금속노조는 이번 사태에 대해 아무런 책임을 지지 않는다. 지도부는 금속노조에서 생계비와 생활비를 전액 지원받는다." 일부는 맞고 일부는 틀린 사 측의 왜곡에 동지들은 분노했지만, 파업 때마다 사 측이 입버릇처럼 내뱉는 흑색선전과 유언비어라고 한다.

그런데 기막힌 사건이 터졌다. 노조 간부의 아내가 자살했다는 비보悲報였다. 농성장은 일시에 슬픔에 휩싸였다. 시시각각 변하는 농성장의 상황과 사태를 정확히 모르는 가족들이 사 측의 농간에 굴복할 우려가 있었다. 파업 노동자 모두가 이 점을 걱정했는데 그게 현실로 나타난 것이다. 고인의 가족에 따르면, 회사에서 간부의 아내를 찾아와 손해배상과 가압류, 고소, 고발을 들먹이며 "남편이 농성장에서 나오지 않으면 구속과 손배 청구, 해고될 터이니 얼른 나오게 해라."라고 지속적으로 협박과 엄포와 회유를 했다고 한다. 압박에 못 이겨 심약한 아내가 결국 자살하고 말았다.

강자가 약자를 굴복시키는 방법은 약자의 약한 곳을 지속적으로 공격하는 것이다. 자빠질 때까지 약한 곳을 교묘하게 쑤시는 것이다. 그리하여 우리는 강한 세력을 만나면 약해진다. 이것은 만고의 진리다.

이 사태로 인한 사망자가 벌써 5명. 눈물 한 방울 없을 것 같던 지부장도 한없이 울었다. 해도 해도 너무 한다. 어찌 가족들까지 협박하고 손을 댈 수 있단 말인가? 저들은 인간의 도를 넘었다. 인간이 아니다. 모든 파업대는 지도부의 지시에 맞춰 묵념의 시간을 가졌고 사 측에게 하루 휴전을 제안했다. 고인을 기리고 명복을 빌며 옥상에 검은 조기를 걸었지만 사 측은 고인을 희롱하듯 「손에 손잡고」를 틀며 관제데모를 멈추지 않았다. 이에 파업대 스피커에서는 "니들이 사람이냐?", "도대체 니들이 사람이냐고?"

노조 지도부는 기자들 앞에서 입장문을 발표했다. "해고는 살인이다. 우리 파업 노동자들은 회사도 노동자도 함께 살고자 그 방안을 제시했지만 회사는 제안을 거부하고 일방적으로 정리해고를 단행했다. 사 측의 기준 없는 정리해고, **이 정권의 의도적인 방임과 고위 공무원들의 태만은** 노동자와 그 가족의 목숨을 앗아 가고 있다. 지금이라도 회사의 **채권자이자 주주인 국가는 경영진의 경영 실패에 대한 책임을 물어야 한다.** 또 사 측은 파업의 파괴 공작과 노노 갈등 획책을 중단하라."

고개를 떨구고 있던 종필이 "형님, 저들을 정말 죽여 버리고 싶다는 생각이 처음으로 드네요. 폭탄을 들고 저 새끼들 몇 명 죽여야 분이 풀릴 것 같네요." 하며 주먹을 부르르 떨었다. 그는 덩치는 황소지만 순둥이다. 법 없이도 살 놈이 저런 말을 하다니!

옆에 있던 누군가가 **"대통령은 지금 뭐 하노? 우릴 다 쥑일 작정인가?"** 흥분하며 소리를 내질렀다. 나는 아무 말 없이 그들 곁을 떠나, 짱박아 두었던 담배 하나를 꺼내 불을 붙였다. 저들을 향한 불같은 적개심이 쉬 가시지 않는다. 분노를 참지 못해, 협박을 이기지 못해 노동자들과 가족들이 죽음을 택하고 있다. 여기저기 불타는 폐타이어에서 새카만 연기가 피어올라 공장을 휘감고 돈다. 오후 내내 머리가 지끈거렸고 늦은 밤까지 용역 깡패와 경찰의 공격은 계속되었다. 정말 대통령은 지금 뭐 하나? 이 정권, 이 나라는 민주주의를 가장한 독재, 폭력 공화국이다. 이 나라 민주주의는 포장만 민주주의다. 야만의 나라다.

7월 21일

아침부터 공중을 선회하던 세 대의 경찰 헬기에서 11시쯤 노란 봉투가 하나둘씩 떨어졌다. 잠시 후 주변의 동지들이 캑캑거리며 몸을 비틀고 쓰러졌다. 독성 강한 최루액이었다. 동지들이 봉투를 피한다고 피했지만 어느새 하늘에서 마구 떨어지는 최루액을 피할 길이 없었다. 머리, 등허리, 어깨 위로 후두둑 떨어지는 최루액을 뒤집어쓰기도 하고 바로 눈앞에서 터져 눈을 감싸고 데굴데굴 구르는 동지도 있었다. 나도 그중 한 사람이었다.

조립공장 방어선에 있다가 머리 위로 최루액 세례를 받았다. 안전모를 썼지만 연거푸 맞아 눈이 매워 눈을 뜰 수 없었다. 눈물과 콧물이 얼굴을 뒤덮고 목이 따가워 침을 삼킬 수 없었다. 페트병 물로 얼굴을 씻고, 쓰고 있던 마스크용 두건으로 닦아 냈지만 눈, 코, 목의 통증은 가시지 않았고 구토까지 했다. 성철의 부축을 받아 공장 문 옆으로 물러나 앉았다.

최루액 살포가 끝나자 그것을 공격 신호로 경찰과 용역들과 구사대가 일제히 방어선을 밀고 들어왔다. 경찰은 후문에서 출고 차량 대기장을 거쳐 조립1공장까지 쳐들어왔고 주유소 쪽에서도 프레스공장 방향으로 공격해 왔다. 또 다른 부대는 차체1공장으로 들어와 복지동과 도장공장 진입을 준비했다. 이들 대치선에서 양측은 새벽까지 뒤엉키며 일진일퇴의 싸움을 벌였다.

나도 잠깐 숨을 돌린 후 쇠파이프를 꼬나들고 달려가 경찰을 내리쳤다. 오후 3시에 이르자 경찰 5개 중대 정도가 4초소에서 완성차검사장과 조립4공장을 목표로 동시에 공격을 개시했다. 조립4공장과 검사장을 맡은 사수대는 죽기 아니면 까무러치기로 공격을 막아 냈다. 프레스공장의 싸움도 그 시간까지 계속되었다. 파업대의 저지선과 방어선 전체에서 경찰에 맞서 옥쇄파업 시작 이후 최대 규모의 전투였다.

곳곳에 시커먼 연기가 치솟고 하늘을 선회하는 헬기는 쉴 새 없이 최루액을 뿌리고 선무방송을 쏟아 내며 파업대를 괴롭혔다. 새벽 3시가 넘어서야 그들의 공격은 멈췄다. 하루가 24시간이 아니라 30시간, 40시간쯤 되는 것 같았다. 부상자도 가장 많았지만 밀리면 안 되었다. 그러나 완성차검사장은 경찰의 손에 넘어갔다.

경찰 방석기 4개와 용역들이 가진 대형 새총 5개 습득.

7월 22일

오늘부터 우리 조도 성환 형이 구해 온 테러범 복면 착용. 눈과 입만 뚫린 검은색 복면을 쓰고 서로를 보며 깔깔거렸다. 총만 안 들었지 딱 테러범이다. 오늘도 프레스공장과 조립4공장은 최대 격전지. 완성차검사장을 경찰에게 내준 파업대는 도장공장과 조립4공장에 다시 방어막을 구축하고 결사 항전으로 버텼다. 용역들은 완성차검사장 옥상에 그들이 제작한 대형 새총을 거치시키고 파업대를 향해 새총을 쏘아 댔다.

조립4공장 옥상 사수대는 용역들의 새총 난사를 뚫고 검사장 옥상을 향해 새총을 응사했지만 상대가 되지 않았다. 볼트에 너트를 감은 용역들의 대형 새총알은 파업 대오의 그것보다 두세 배 이상 큰 것이어서 나무 방패를 뚫었고 직접 맞으면 골절이 될 정도로 위협적이었다.

오후 6시. D 시 역전에서 집회를 마친 금속노조 조합원들이 정문과 후문에 도착해서 공장 안으로 진입을 시도했다. 그와 동시에 파업대가 대오를 가다듬고 정문을 향해 경찰과 용역들을 밀기 시작했다. 공장 안에서는 파업 대오가, 정문 쪽에서는 금속노조 노동자들이 경찰과 용역들을 공격하니 그들은 협공을 당하는 형국이었고 대열이 한쪽으로 밀리기 시작했다. 빠빠빠빠 빵——빵— 갑자기 귀를 찢는 폭음이 작렬했다. 앞뒤로 포위당한 경찰이 퇴로를 열기 위해 최루탄을 발사한 것이다. 무장하지 않은 금속노조 노조원 쪽을 향해 계속 쏘았다. 빠빠빠 빵, 빠빠빠빠….

최루탄을 피해 금속노조 노동자들이 앞다투어 튀면서 대열이 삽시간에 한쪽으로 쏠리고 넘어져 밟고 밟히고 차이는 아수라장이 되었다. 경찰은 최루탄 발포와 함께 파업 대오를 향해서는 테이저건을 쏘았다(경찰이 사용한 무기가 무엇인지 처음에는 몰랐다.). 파업 대오의 선두에 섰던 선봉대들이 얼굴, 어깨, 다리에 맞고 푹푹 쓰러졌다.

이들을 복지동 의무실로 옮겼는데 상처가 심각해서 병원으로 이송하려 했지만, 구사대와 경찰의 완강한 저지로 정문을 나갈 수 없었다. 사용 금지된 대테러 장비를 민간인에게 쏘았다는 인터넷 뉴스가 뜨자 양심은 있었던지 의사 한 명의 출입을 허용했다. 경찰의 최루탄 발포와 테이저건의 발사로 파업 대오는 더 이상 진격할 수 없게 되자 그 자리에서 방패를 땅에 세우고 방어진을 구축하였다. 금속노조 조합원들도 보도블록과 벽돌을 던지며 싸웠지만 더 이상 공장 안으로 전진하지 못했다. 오늘은 금속노조가 공장 안으로 진입해 공동 투쟁하기로 사전 약속된 날인데 돌파하지 못했다.

경찰 방석기 3개, 용역이 사용한 대형 새총 2개 습득.

7월 23일

날이 밝았다. 경찰과 전투를 시작한 지 나흘째. 어제도 잠을 설쳤다. 하늘에서는 헬기 소리가, 땅에서는 「손에 손 잡고」가 밤낮없이, 시도 때도 없이 앙앙거리고, 열대야까지 겹쳐 잠을 이룰 수 없다. 지속적인 불면으로 체력이 확 떨어져 몸은 물 젖은 솜처럼 천근만근이다.

강자가 약자를 굴복시키는 방법은 여러 사람이 돌아가며 괴롭혀 약자를 미치게 하는 것이다. 후방 대기 병력이 있는 경찰은 교대로 전선에 투입되지만 유휴 인력이 없는 파업대는 휴식 없이 줄곧 대치하다 보니 체력이 먼저 바닥날 수밖에 없다(파업 노동자 중에는 후미에서 어슬렁거리는 조합원도 있다. 사 측의 스파이로 의심되지만 교묘하게 피해 다녀 물증은 없다. 혹은 국정원이나 기무사의 정보원들이 몰래 들어와 섞여 있는 것일 수도 있다.).

오전 10시, 경찰이 대형 지게차를 동원해 바리케이드와 폐타이어 방어막을 치우면서 선제공격을 시작했다. 부품공장과 조립4공장을 확보하기 위한 공격으로 보였다. 이에 사수대가 폐타이어에 불을 붙이고 화염병(이때 처음으로 화염병이 등장했다.)을 던지고 옥상에서 새총을 쏘며 반격하자 경찰과 용역들은 주춤거리며 퇴각했다가, 오후 1시쯤 용역들이 완성차검사장 옥상으로 올라와 대형 새총을 쏘며 사수대를 공격했다.

사수대는 경찰로부터 빼앗은 방석기 7개 중 4개를 조립4공장 옥상 난간에 검사장 방향으로 거치시키고 나머지 3개는 대원들 이동용 방패로 사용했다. 사수대는 방석기를 방패 삼아 새총을 대응 발사했으나 역시 용역의 대형 새총알에 비하면 위력이 턱없이 약했다. 잠시 후 경찰 헬기 2대가 도장공장 옥상을 향해 최루 봉투를 투하하고, 땅에서는 살수차를 동원해 조립4공장 옥상을 향해 최루액을 분수처럼 쏘아 올렸다. 청색 강판 지붕의 골과 골에는 최루액이 시냇물처럼 흘렀다. 우리는 옥상 출입문 쪽으로 대피해서 최루액과 새총의 공격을 일단 피했다.

계단에 일렬로 쭈그리고 앉아 배식 당번 태섭이 가져온 주먹밥으로 여느 때처럼 점심을 때웠고, 주먹밥에도 최루액이 묻어 있었다. 성철이 짱박아 두었던 야들야들해진 담배 한 개비로 넷이서 한 모금씩 돌아가며 빨았다. 며칠 만에 보는 담배 맛은 기가 막혔다.

잠시 소강상태가 되더니 오후 4시쯤 도장공장으로 다시 헬기와 살수차의 최루액, 용역들의 새총 공격이 입체적으로 펼쳐졌다. 그 사이 프레스창고와 영상관 바리케이드가 돌파당했다. 파업대는 저지선을 후퇴시켜 차체2공장과 도장공장 쪽으로 방어선을 좁혀서 용역과 대치했다. 사수대가 화염병과 돌멩이를 던지며 달려 나가면 용역들이 도망가고, 용역이 우— 함성을 지르며 공격하면 사수대가 후퇴하는 일진일퇴의 싸움이 7시가 넘어서까지 계속되었다.

파업대는 도장공장 외벽에 검은 페인트로 "대화를 안 하려면 차라리 다 죽여라!"라고 썼다. 오후 8시가 되어서야 팽팽한 대치 상태에서 벗어날 수 있었다. 새총알과 진압봉에 맞거나 최루액을 직접 맞은 대원들의 부상이 심각했다. 최루액을 맨살에 맞은 대원들은 피부가 녹아서 물집이 잡히고 껍질이 벗겨져 진물이 흘렀다. 의사와 의약품의 출입을 막고 있으니 부상자들의 고통은 이만저만이 아니었다.

나도 팔뚝 화상 때문에 대열에서 빠져나와 오후에 잠깐 의무실에 들렀다. 소독약 하나조차 없었다. 다리가 골절된 동지 하나가 깁스도 못 한 채 붕대를 감고 반창고만 얼기설기 붙이고 꼼짝없이 누워 있었다. 그나마 부상자들이 여러 명 함께 있어서 다행이었다. 지도부를 찾아 병원 후송을 요청했지만 그들 역시 신묘한 방법은 없을 것이다.

파업은 끝을 모르고 달려간다. 시간이 흐를수록 공포와 불안은 배가된다. 고립무원이 된 이곳, 외부의 도움을 기대할 수 없는 사면초가다. 동지들은 지쳐 나자빠져서 생각이 멈춰 버린 듯 두 눈만 껌벅거린다. 아니다. 어쩌면 수많은 생각의 갈래들을 정리하고 있을지도 모른다. 나아갈 수도 물러설 수도 없는, 바람 앞의 등불이다. 그러니 이삼십 대 젊은 축에 드는 사람들부터 하나둘씩 농성장을 빠져나간다. 태호도 그중 하나였다. 그가 조용히 우리 앞에서 공장을 나가겠다고 했을 때 나는 그를 한참 붙들고 설득했다. "너가 흔들리면 네 형도 흔들리고 나머지 조원들 사기도 떨어진다. 우리 끝까지 싸워 이겨 이 공장을 나가자. 그래야 우리의 투쟁과 외침, 파업의 정당성이 설명된다. 태호야, 끝까지 가자!" 하고 마음을 돌리려해 보았지만 허사였다.

노사정 협상이 있다고 하니 그 결과가 나올 때까지 더 기다려보자고 해도 그는 "형님 미안해. 형제가 둘 다 여기서 죽는 건, 아무래도 말이 안 되는 것 같아. 태섭 형이 안 가니 나라도 사는 게 맞는 것 같아."라며 못내 안 떨어지는 발걸음으로 공장을 떠났다. 보내는 이도 떠나는 이를 욕할 수 없고, 떠나는 이도 보내는 이 앞에 고개를 들지 못하지만 마음은 다 다르지 않을 것이다. 보내는 이는 보내는 이대로, 떠나는 이는 떠나는 이대로 먹먹한 가슴은 어찌할 수 없다. 어스름한 저녁, 그들이 바리케이드 사이를 빠져나가는 모습을 옥상에서 쓸쓸히 지켜보아야 했다.

'민주사회를 위한 변호사 모임'에서 성명을 발표했다. "지금 공장은 **살상 무기와 인간 사냥만 있고 식량과 식수, 의약품도 없는 무법천지다. 살인을 멈춰라. 파업 노동자도 인간이다. 음식과 의료진, 의약품을 공급하라. 국가가 해야 할 일은 인간 사냥이 아니라 노동자의 생명을 보호하는 일이다.**" 민노총에서도 입장문을 밝혔다.

"전쟁 중이라도 적군과 점령지 주민에게 음식과 의약품을 제공하도록 국제조약은 규정하고 있다. 제발 물과 의약품만큼은 들여보내라."

그래. 그렇다. 민주주의 표면 속의 독재와 폭력, 이놈의 정권과 이 나라 민주주의는 껍데기만 민주주의다.

7월 24일

노사정 협의가 진행 중이라는 소문이 도는데 지도부 발표는 없다. 경찰과 용역들은 여전히 공격을 멈출 줄을 모른다. 이글거리는 태양이 머리 위에 뜨자, 헬기가 최루액을 뿌리며 공장을 선회하고 경찰과 용역의 진압 작전이 또다시 전개되었다. 후문 4초소에서 차체1·2공장 방향, 검사장 방향, 프레스창고 쪽 3초소 방향, 이렇게 3면에서 동시에 도장공장을 향해 쳐들어왔다.

이에 맞선 파업대 일부는 복지동 옥상에서 차체1공장과 2공장 옥상으로 이동해 지상 방어선을 지원했다. 경찰은 차체1공장과 2공장 사이에 살수차를 진입시켜 옥상 위로 최루액을 마구 퍼부었다. 파업대가 화염병을 던지며 저지했지만 경찰의 엄호를 받은 살수차를 몰아내지 못했다. 바리케이드에 화염병으로 불을 붙여 경찰 공격을 막았으나 지게차와 포클레인으로 바리케이드를 무너뜨리고 진격하는 경찰에게는 큰 장애가 되지 않았다. 차체2공장 쪽으로 계속 밀고 들어왔다.

완성차검사장 옥상과 조립4공장과의 새총 공방전도 치열했다. 파업대도 용역에게서 탈취한 대형 새총으로 부상을 무릅쓰고 응사했다. 밀고 당기고 공격과 방어, 전진과 후퇴를 번갈아 가며 치르던 싸움은 해가 넘어가서야 멈췄다. 파업대는 도장공장을 중심으로 바로 옆 공장인 차체2공장과 조립4공장을 지키는 데는 성공했다. 최첨단 화력과 장비로 중무장하고 땅과 하늘, 입체적으로 공격하는 수천 명의 경찰과 용역 깡패를 상대로 오백 명의 파업대가 싸워 이긴다는 것은 애초부터 불가능한 일이다. 하지만 우리는 아직까지 지켜 내고 있다. 누구도 우릴 지켜 주지 않으니, 우리 스스로 지켜야 한다.

현재까지 상황을 정리하면

한 달 가까이 이어지는 **단전, 단수, 가스 차단, 의약품 차단, 의료진 봉쇄로 상황은 최악이다.** 화장실은 똥오줌이 쌓여 넘치고 악취가 코를 찔러 질식할 지경이다. 배고픈 서러움과 진압의 두려움보다 더 비참한 것은 인간의 존엄성과 인격이 파괴되는 것이다. **이건 인격 살인이다. 지금 대통령은 뭘 하고 있나?** 정말 우릴 다 죽일 작정이란 말인가?

7월 25일

오늘은 충돌이 없었다. 동지들은 지치고 부상자도 부지기수. 우리 멤버들 중에도 성한 사람이 없었다. 파업대는 눈앞에 닥친 상황 때문에 공장 밖을 신경 쓸 겨를이 없었다. 한편 민노총, 금속노조, 정당, 사회단체 소속 2만여 명이 D 역 앞에 모여 L 자동차 사태 해결을 위한 범국민대회를 개최하고, 물과 음식 전달을 위해 공장까지 행진했다. 경찰은 정문 앞 삼거리에 만오천 명의 경찰 병력을 배치했고 구사대 천오백여 명은 정문 앞에서 "외부 세력 물러가라, 파업을 철회하고 정상 조업 재개하라!"라고 외쳤다.

오후 6시쯤 역전에 있던 시위 군중이 공장 앞 다리까지 진출해 경찰과 투석전을 벌였다. 1시간쯤 후 경찰이 최루탄을 쏘며 대대적인 해산 작전에 돌입하자 시위대는 법원까지 밀렸다가 오후 8시, 다시 공장 진입을 시도했지만 경찰의 화력을 뚫지 못하고 밤 10시, 공장 앞 다리에서 농성 후 다음을 기약하고 해산했다. 계속되는 단전, 단수로 식수는 고사하고 몸을 씻을 수 없으니 냄새가 말이 아니었지만 나흘 밤낮을 토막 잠으로 버틴 탓에 나는 초저녁부터 곯아떨어졌다.

7월 27일

현재 농성 인원은 약 550여 명 정도. 부상자 80여 명을 제외하면 470여 명. 농성 초창기 1,500여 명에서 검거 및 연행되거나 부상과 질환으로 공장을 이탈한 노조원 250여 명을 제외한 나머지 700여 명의 노조원들은 스스로 농성장을 빠져나간 것이다. 우리

숙영지에도 20명 남짓 남았다.

현재 남은 모든 동지들이 결의대회를 열고 기자회견문을 밝혔다. "이번 파업 사태의 원인과 책임은, **협상을 여섯 번이나 깬 사 측과 이를 방임하고 무력 개입한 이 정권에 있음을 밝힌다.** 노조는 평화적인 해결을 위해 대화를 통한 대타협의 원칙을 갖고 협상에 최선의 노력을 다하겠다. 그럼에도 불구하고 **살인 진압을 계속한다면 마지막 일각까지** 결사 항전할 것임을 밝힌다." 끝까지 남은 자들의 비장한 각오였다. 그래, 좋다. 지금 여기서, 이 시간만큼은 후회 없이 싸우자. 죽기를 각오하면 산다고 하지 않던가!

총회를 마치고 개인 장비와 농성 무기들을 정비 보수했다. 그래도 사흘의 휴전과 휴식이 몸과 마음의 피로를 덜어 주고 여유와 평안을 갖게 했다. 집이 궁금했다. 어머니는 잘 계시나? 아내와 아이들이 보고 싶었다. 마지막 연락이 언제였는지 기억이 가물가물하다. 통화를 할까 하다가 그만두었다.

7월 29일

오후 3시 민노총 조합원 3,000여 명이 법원 앞에서 집회를 가졌다. 민노총 위원장은 기필코 의약품과 식수를 전달할 때까지 투쟁하겠다며 의약품과 식수를 실은 차를 앞세워 경찰과 투석전을 벌이며 공장 진입을 시도했다. 하지만 겹겹이 진을 친 경찰 병력을 뚫지 못하고 30명이 연행되었고 또 실패했다.

향후 파업 진로에 대한 대토론회 및 총회를 가졌으나 나는 몸이 무거워서 쉬었다. 아내와 아이들과 간단히 통화함.

모처럼 헬기 소리도, 「손에 손 잡고」도 들리지 않는 밤. 어두운 적막과 불안한 평화가 65㎏짜리 몸을 눕힌 매트 위에서 공장 밖으로, 들판으로, 그리고 아내와 아이들이 잠든 도시로 퍼져 나가는 듯했다. 거미 기어가는 소리까지 들릴 듯 적막한 밤공기는 한낮의 폭서를 조금씩 식히고 가라앉혔다.

저만치 팥알만 한 거미 한 마리가 시야에 들어왔다. 나는 오른손으로 턱을 괴고 모로 누워서 왼손을 반구半球 형태로 둥글게 말아 거미를 가두었다. 거미는 걸음을 멈추고 꼼작하지 않았다. 예기치 못한 사태에 긴장한 듯했다. 살며시 손을 들어 그의 상태를 살피려 하자 그는 잽싸게 8개의 다리를 움직여 내 손아귀에서 벗어났다. 나도 민첩하게 손을 옮겨 다시 그를 가두었다. 움직임이 없었다. 잠시 후 나는 다시 손아귀의 한쪽을 열어 그를 살폈다.

그는 몸을 잔뜩 낮추어 상황을 살피는 듯했다. 갈림길에 선 지금의 우리들처럼. 잠시 후 나는 거미를 가두었던 왼손을 바닥에서 완전히 떼었다. 처음엔 망설이던 거미는 잽싸게 벽을 향해 내달았다. 불침번 교대 시간이 되어 나도 자리에서 일어섰다.

7월 30일

어제 노조원 총회의 결정에 따라 노조는 9시 '총회 결의' 보도 자료를 배포했다. "정리해고 철회라는 원칙하에, 사태를 해결할 수 있는 다양한 방법들을 사 측과 폭넓게 논의하겠다. 동시에 **식수와 음식물 반입 중단, 단수, 단전, 가스 차단, 의약품과 의료진 출입 통제, 밤낮없는 선무 활동, 용역을 동원한 비인도적인 일체의 행위를 멈출 것을 엄중히 요구한다.**"

오후 2시 노사 협상을 다시 시작한다는 소식이 들렸다. 무슨 까닭인지 이번 협상에 희망을 거는 사람들이 많았다. 그리고 그 희망은 공갈빵처럼 한껏 부풀어 올라, 너 나 할 것 없이 옆에 있는 동지들을 돌아보며 어깨를 다독였다. 쏟아지는 최루액을 뒤집어쓰고 쪽잠을 자고 수박을 깨며 함께 웃고, 주먹밥을 고추장에 찍으며 함께 울면서 생사고락을 같이 했던 동지들, 예전에 공장 생활에서는 느껴 보지 못한 진한 우정을 느꼈다.

의료진 2명 출입 허용. 오후 4시 복지동 1층 의무실에서 치료 시작. 성철과 성환 형이랑 늦게까지 순서를 기다려 치료받음. 민노총 지도부 식수와 의약품 등 인도적 물품 반입 보장을 촉구하는 무기한 농성 돌입.

7월 31일

오후 5시 30분 협상 속개, 결론 없이 끝나고 밤 9시 30분 재개.

최루액을 맞았던 왼팔 상처가 꼬들꼬들 아물어 간다. 밤늦게 살포시 잠이 들었던가? 잠결에 어렴풋이 작은 소란이 일고 병관이 날

흔들기에 눈을 뜨니 동준이 먹을 것을 잔뜩 싼 배낭을 풀고 있었다. 나는 대뜸 "어떻게? 주유소 개구멍?" 했더니, "채신머리없이 개구멍이라니." 하며 그는 오른손 엄지와 검지를 둥글게 말아 두어 번 흔들어 보였다.

그는 배낭에 비상식량을 잔뜩 채웠고, 아디다스 상표가 붙은 커다랗고 검은 다른 가방에는 생수병을 가득 채워 왔다. 거기에 담배와 캔맥주도 잊지 않았다. 아직 잠이 안 든 몇몇 동지들에게 담배와 맥주를 돌리고 비상식량으로 가져온 육포를 안주 삼아 모두 목을 축였다. 그동안 금단현상으로 고통받던 애연가들은 담배를 받아 들고 정신없이 피웠다. "야, 너를 보니 마누라보다 더 반갑구나. 꺼이꺼이...." 성철이 캔에 입을 맞추며 너스레를 떤다.

맥주 한 캔을 단숨에 비운 성환 형이, 도저히 이해가 안 된다는, 불가사의 중에 불가사의 하나를 다그치듯 물었다. "너 참 잘 왔다. 동준아, 너 그것 좀 설명해 봐. 작년 7,000억 손실이 어떻게 났다는 거야? 손상차손? 그게 뭐야? 유형자산 손상차손?" 동준은 난감한 표정을 지으며 망설였다. 한참 뜸을 들였으나 성환 형이 쏘아 대는 소리 없는 눈총에 마지못해 입을 열었다. 그는 먼저 유형자산의 정의, 장부가액, 평가이익과 평가손실 등을 간단히 설명했다. 그러고는, 재작년 유형자산 손상차손이 65억 원이었는데 한 해 뒤인 작년에 5,150억 원의 손상차손이 발생했다는 것은, **공장의 건물과 기계와 생산 시설 등이 1년 만에 급격히 파손되었다**는 뜻이라고 말했다. 누가 봐도 수긍할 수 없는, 전쟁이나 지진이나 대형 화재가 나지 않는 한, 1년 만에 이 정도의 평가차손은 있을 수 없는 일이라고 했다.

그러자 성환 형이 "지진도 전쟁도 화재도 없었으니 그럼 회계 조작이 맞네. 그렇지?" 하고 다그쳤고, 동준은 고개를 끄덕이며 "그렇다고 봐야지요." 했다. 그러자 잠자코 있던 종필이 "그러면 형! 이건 **M 자동차가 엉터리 회계 처리로 부실기업을 만들어 법정 관리로 몰아넣고, 불가피한 경영상의 이유라는 명목으로 정리해고 하는 것 아냐?**" 날선 비판을 잇자 성환 형이 "그렇지. **말짱한 기업을 부실기업으로 만들어, 그것에 저항하는 노동자들을 자르는 거지.**" 했다.

내가 "**외국 회사가 단물 다 빼먹도록 경영진과 고위 공무원들은 뭐 하고 있었던 거야? 경영진은 처자식 먹여 살리느라 그랬다고 쳐, 그런데 국가는 뭘 했던 거여?** 그놈들한테 붙어서 눈감아 주고 혹시 제 주머니를 채운 놈이 있는 거 아녀?" 씩씩거리니, 종필이 "그래 형, 바로 그거야. 그걸 감추려고 죄 없는 우리를 내치는 거 아니요? 그러니 울화통이 터지지!" 하며 가슴을 팡팡 쳤고, 함께 귀 기울이던 동지들도 흥분을 감추지 못했다.

동준의 설명은 더 이어졌다. **회사가 말하는 적자 중, 약 5,000억 원의 적자는 거짓 적자,** 즉 장부상 적자이므로 **실제로 막대한 적자가 난 부실한 기업이 아니라는 것이다.** 그런데도 사 측은 실제로 대규모 적자가 난 기업처럼 몰아가고, 회계를 모르는 **노동자들은 실제 적자가 난 부실기업으로 잘못 알고 있다는 것이다.**

오호통재嗚呼痛哉라! **파업 노동자들은 고의 파산과 회계 조작의 정확한 의미와 왜곡을 제대로 파악하지 못한 채 파업을 시작했고, 지금까지도 그 숨은 의미를 모르고 있던 것이다.** 나 역시! 아— 무지한 노동자들이여, 순박하고 무지몽매한 공돌이들이여!

동준이 싸 들고 온 음식들로 허기진 배를 달래는 기쁨보다, 사태의 본질을 제대로 파악하지 못했다는 자책감과 허탈감이 더 침울하게 내려앉은 밤이었다. 그러니까 결론은, **그동안 발표된 재무제표는 회계 법인이 작성한 엉터리 회계 자료를 사 측이 묵인한 허위 재무제표였으며 따라서 대규모 정리해고를 할 만큼 부실기업은 아니라는 것이다.** 그런데 모든 사람들이 그 재무제표와 회계 자료가 진실이라고 믿고 있다는 것이다, 이런 부조리를!

8월 2일

타결 기미가 보였던 협상을 새벽에 사 측이 돌연 뒤집어 결렬. 오전 7시 속개. 오후 3시부터 한밤중까지 줄다리기 협상을 했지만 합의를 못 하고 다음 날 재개키로 했으나 사 측 불참, 마지막 협상 테이블에 나타나지 않음.

마침내 8번째 테이블에 나타나지 않았다. 부푼 기대가 한순간에 무너졌다.

지금까지 그들의 행태를 쭉 지켜보니, 사 측은 처음부터 합의할 의사가 없었다. 합의를 할 듯 말 듯 협상을 끌어오다가 마지막에 결렬시킨 것이다. 이렇게 되면 사 측은 자신들이 원래 계획한 일정표대로 사태를 끌고 갈 것이다. **사 측의 범죄와, 정부와 공무원의 의도적인 방치를 감추기 위해 우리가 백기 투항할 때까지 진압을 계속할 것이다.**

지도부와 파업 노동자들은 사 측의 농간에 속아서 잠시 헛된 희망을 가졌던 것이다. 강자가 약자를 굴복시키는 방법은 약자가 항복할 때까지 기다리는 것이다. 시간은 얼마든지 자신들의 편이니까 약자가 지쳐 제풀에 쓰러져서 스스로 굴복할 때까지!

8월 3일

공장 전체의 전기가 다시 끊겼다. 예상대로 사 측과 경찰의 폭압이 드디어 시작되었다. 도장공장 전원마저도 끊어졌다. 파업대가 보유한 비상 발전기는 도장공장에 전원을 공급하기엔 턱없이 부족했다. 도장공장에 전원이 차단되면 배관통과 조색기의 도료가 말라붙어 그것들을 수리하는 데 최소 1개월 이상 공장 가동이 지연되며 그에 따른 손해만 1,500억 원에 이른다. 적자투성이라는 회사가 노동자를 때려잡기 위해 최악의 발악을 하고 있다.

그동안 경찰의 단전斷電에도 파업대는 조색기가 굳을까 봐 도장공장만큼은 전원을 끊지 않았다. 도장공장 전원 공급을 위해, 동지들은 야간 어둠 속에서 길을 못 찾아 넘어지고 자빠지고 무릎이 깨져도 누구 하나 불평하지 않았다. 파업이 끝나자마자 바로 공장을 돌려야 하기 때문에 그런 불편쯤은 아무것도 아니었다. 하지만 이제 그럴 필요가 없어졌다.

파업대의 최후의 보루이자 노조의 헤드쿼터가 있는 이 도장공장은 파업대로서는 양날의 칼과 같은 곳이다. 휘발성 도료와 시너가 도처에 쌓여 있어 화기가 근접하거나 불똥이 튀면 공장 전체가 폭발할 수도 있다. 이 위험천만한 이유 때문에 경찰이 함부로 접근할 수 없다는 이점도 있지만, 반대로 파업대에게는 폭탄을 지고 싸우는 꼴이었다. 우리는 목숨을 건 배수의 진을 치고 싸우고 있는 것이다.

8월 4일

오늘까지도 사 측 회답 없음. 노조와 집행부는 협상 결렬로 결론. 오후에 경찰 특공대 증강 배치. 못 견디게 무더운 여름밤. 공장 안은 칠흑 같은 어둠과 복사열輻射熱 속에 화장실 오물 냄새로 뒤덮인다. 이삼일 전부터 사 측은 야간에 다시 헬기를 띄우고 「손에 손잡고」를 틀었다.

8월 6일

이른 아침. 주먹밥을 먹기도 전. 경찰과 용역과 구사대가 만반의 준비를 하는 것 같았다. 주차장과 운동장에서 경찰 특공대가 팀별로 모여서 작전 회의 중이고 지게차와 페이로더, 소방차, 포클레인, 소방 사다리차, 매트리스, 대형 크레인까지 준비해 각각 투입 지점에 배치하고 있었다. 파업대도 개인 장비와 무기 등 준비를 갖추고 정위치定位置에 섰다. 무기라고도 할 수 없는 우리의 허접한 무기는 경찰의 그것에 비하면 장난감 수준이었다.

병관과 나도 용역한테 빼앗은 대형 새총 3개를 거치시킨 옥상으로 볼트와 너트 통을 들고 올라왔다. 병관은 자신의 보물 1호인 알루미늄 솥뚜껑 방패도 잊지 않았다. 공장 안은 가마솥더위였고 옥상은 땡볕에 맹렬히 타는 사막의 열기였다. 아침부터 40도를 넘을 것 같았다. 전운이 감돌았다.

사 측은 모든 임직원들을 출근시켜 정문에서 농성 중인 가족들의 텐트와 천막을 걷어 냈다. 이를 신호로 경찰과 용역이 차체2공장, 도장공장, 조립4공장을 포위하고 동시다발적으로 치고 들어왔다. 차체2공장에 사다리차를 갖다 댄 경찰은 2층과 옥상으로 병력을 투입하고 프레스창고와 차체2공장 사이로 바리케이드를 부수며 진입했다. 하지만 길목을 확보한 사수대의 반격으로 주춤거렸고, 검사장 옥상과 조립4공장 새총 공방도 다시 시작되었으며, 땅에서는 방석기를 든 경찰이 도장공장을 장악하기 위해 총공세를 펼쳤다.

경찰 병력은 끝없이 증강되고 소방차와 포클레인이 공장 안으로 계속 들어오고 있었다. 어마어마한 인력과 장비를 동원했다. 도장2 공장 옥상에 경찰 헬기가 최루액을 들이부어 파업대가 주춤하는 사이에 세 곳으로 경찰 특공대가 사다리차를 타고 오르려 했으나 파업대의 반격으로 주춤거렸다.

본관에서도 파업대와 용역들의 격렬한 충돌이 있었지만 용역들이 밀려 도망가면서 사무실과 커튼에 불을 질러 파업대가 꺼야 했다. 경찰 특공대가 조립4공장 옥상으로 사다리를 걸치고 건너오려 하자 사수대는 사다리를 흔들고 밀어서 떨어뜨렸다. 경찰 헬기는 옥상의 엄폐물과 은폐물들을 저공비행으로 모두 날리고 파괴하려 했다.

뺏으려는 자와 지키려는 자의 양보 없는 전투였다. 오후 3시 경찰 특공대와 용역은 본관과 차체1공장을 장악했지만 도장공장의 진입은 실패하고 스스로 후퇴했다. 공장 시설의 파손은 피할 수 없었다. 생산 시설과 생산 라인의 조립 중인 많은 자동차들이 파괴되고 화재로 불탔다. 하지만 우리는 경찰 특공대의 폭압을 끝까지 물리치고 지켜 냈다.

옥상에서 내려오니 성환 형과 종필이 아껴 두었던 초코파이와 비상 식수를 내민다. 그러고 보니 하루 종일 아무것도 먹지 못했다. 배고픔조차 잊고 있었다. 땀으로 뒤범벅이 된 우리 모두는 축 늘어져 말없이 아쉬운 대로 요기를 했다. 초코파이를 베어 문 입에서 단내가 풀풀 났다.

육중한 엔진 소리가 토막 잠을 깨웠다. 새벽 4시가 조금 넘은 시간이었다. 살수차와 초대형 크레인 4대가 공장 안으로 들어오고 경찰 병력 배치로 밖이 시끄러웠다. 동이 트자 경찰 특공대는 차체공장 옥상에 사다리차를 대고 공격을 시작했고 조립4공장도 용역과 경찰 특공대가 또다시 쳐들어왔다. 어제와 똑같이 전면적인 총공세였다.

경찰은 초대형 크레인에 컨테이너를 매달아 조립4공장 옥상 위를 휘저으며 파업대가 설치한 엄폐물과 은폐물들을 모두 쓸고 부셨다. 사수대는 크레인에 매달린 컨테이너를 피해 바짝 엎드리자 헬기 3대가 최루액을 들이붓고 완성차검사장 옥상에서 용역들이 대형 새총을 연달아 쏘아 댔다. 조립4공장 옥상 사수대는 최대의 위기를 맞았다. 몸을 어디로 어떻게 숨겨야 할지 몰랐다. 그런 가운데도 사수대는 컨테이너를 붙잡아 옥상 출입구에 로프로 묶어서 꼼짝 못 하게 만들기도 했다.

지도부에서도 추가 인력을 보내 사수대를 지원했고 나와 병관이 함께 투입되었다. 그 당시 옥상의 마지막은 이랬다. 구사대는 땅에서 옥상을 향해 새총을 쏘며 경찰 특공대를 지원했고 경찰 특공대는 소방 사다리차를 타고 옥상으로 진입을 시도했다. 사수대가 장대를 휘두르며 저지하니 쉽게 옥상으로 건너오지 못했다. 경찰 특공대는 조립4공장 옥상을 3곳에서 동시에 공격했지만 침탈 작전은 모두 실패로 끝났다.

첫 실패 후, 그들은 물대포 호스가 장착된 컨테이너를 활용했다. 이게 사수대에게 치명상을 주는 무기일 줄 몰랐다. 경찰은 물대포 호스를 장착한 3개의 컨테이너 안에 경찰 특공대를 각각 열댓 명씩을 실어 대형 크레인에 매달아 옥상 위로 올렸다. 3개 컨테이너는 사수대를 향해 물대포를 쏘아 댔고 사수대는 사제 방패로 막았지만 물줄기의 압력이 워낙 강력해 온몸이 밀렸다. 쉴 새 없이 뿜어 대는 물대포의 수압에 제대로 몸을 가눌 수 없었다.

컨테이너가 물대포를 쏘아 대며 옥상에 내려앉았지만 한계에 다다른 사수대는 더 이상 저지할 방법이 없었다. 또 물대포 소리, 헬기 소리, 자동차 엔진 소리 때문에 바로 옆 사람끼리도 말소리가 들리지 않았다. 컨테이너가 옥상에 내려앉자 특공대들이 고무총을 쏘며 컨테이너 밖으로 튀어나왔고 방석기와 진압봉을 마구 휘두르며 사수대를 무차별 공격하기 시작했다. 그런데도 나와 병관은 물대포 때문에 시야 확보가 어려워 주변 상황과 옥상 전체의 전황을 파악하지 못했다. 이미 특공대가 바로 이웃한 다른 사수대를 공격할 때까지도 눈치채지 못했다.

뒤통수가 허전해 힐끗 뒤를 봤을 때는 이미 늦었다. 고글을 쓴 그들은 물대포에 아랑곳하지 않고 바로 우리를 향해 진압봉을 휘둘렸다. 일단 엉겁결에 피했으나 시야가 흐려 제대로 반격할 수가 없었다. 그들은 순식간에 우리를 넘어뜨리고 진압봉과 방석기로 사정없이 내리쳤다. 병관은 넘어졌고 나도 허리를 짓밟혔으나 몸을 옆으로 굴러 일어서 병관이 놓친 솥뚜껑 방패를 집어 들어 휘둘렀다. 그 사이 병관은 일어섰고 우리는 동시에 튀었다.

그런데 얼마 못 가 허리가 삐끗했다. 게다가 왼쪽 다리까지 접질려 전력 질주가 어려웠다. 경찰이 구둣발로 찰 때 허리에 충격을 받았던 모양이다. 마음은 급한데 순간적으로 몸이 말을 듣지 않았다. 특공대는 어느새 내 뒤에 붙어 내 한쪽 어깨를 걸어 매고 내동댕이쳤다. 그들은 자빠진 나의 가슴을 군홧발로 누르고 손목을 비틀어 제압했다. 나는 그들에게 그렇게 체포되었다.

그날 저녁 나는 경찰 버스에 실려 경찰서 유치장으로 옮겨졌고 그곳에서 며칠을 보내야 했다. 허리에 통증이 있었으나 훨씬 심한 부상자들에 비하면 나는 양반이었다. 체포 이후 경찰의 취조 심문 과정에서 저지른 그들의 협박, 회유는 일일이 다 열거하고 싶지 않다. 가장 치졸하고 파렴치한 짓은 다른 동료의 불법행위를 고자질하면 자신의 죄를 가볍게 처리해 주겠다는 은밀한 제안이었다. 말하자면 배신자를 만드는 것인데, 진급에 눈먼 몇몇 형사들이 그 짓을 하는 것 같았다. 수감된 노동자 중에는 그런 회유와 협박에 못 이겨 자살을 시도하는 사람도 있었다. 다행히 목숨을 건졌지만 그들의 협박이 어느 정도였는지 짐작케 하고도 남았다.

나는 부어오른 발목과 아픈 허리를 먼저 치료해 줄 것을 줄기차게 요구했다. 담당 박 형사는 병원 치료를 미루면서까지 윽박지르고 괴롭혔지만 나는 묵묵부답. 내게는 통하지 않는다는 걸 알았는지 나흘쯤 지나 병원 치료를 허락했다. 그리하여 나는 세 가지 죄목으로 기소되어 두 가지 죄목으로 실형을 받았다.

사태가 끝난 뒤 병관에게 전해 들은 이후 상황은 이랬다. 옥상 한쪽이 경찰 특공대에게 뚫리니 사수대는 우왕좌왕 흩어졌고, 옥상 전체 방어막은 와르르 허물어졌다. 기세가 오른 특공대는 고무총을 쏘면서 사수대를 추격했다. 고무총에 맞으면 몸이 꺾이면서 몇 초 동안 힘을 쓸 수 없었고, 골과 마루가 있어 울퉁불퉁한 옥상 바닥은 쉽게 뛸 수도 없었다. 특공대에 붙잡히면 방패로 찍히고 진압봉으로 맞고 구둣발로 차이고 체포조에게 잡혀갔다.

특공대는, 대항을 하든 안 하든 무장을 했든 안 했든 닥치는 대로 구타하고 마구잡이로 짓밟았다. 무장 해제된 노동자까지 무차별 폭행하다니, 적敵을 제압할 때도 이렇게 잔인하지는 않을 것이다. 그들을 피해 다급하게 퇴각하면서 사수대 2명이 추락했고 크게 다쳤다. 수많은 동지들이 특공대에게 벌레처럼 짓밟혔다고 한다.

그는 공책에서 눈을 떼고 허공을 응시하며 당시 공장의 상황을 그려 보았다. 경찰의 입장도 들어 봐야 하지만, 설령 불법을 저지른 대상이라 하더라도 경찰의 이런 폭압적 법 집행은 과연 적절한 것인가?

사람과 동물의 다른 점 중 하나가 폭력의 사용에 관한 것이다. 인간들의 폭력은 이성적인 데 반해 동물들의 폭력은 비이성적이라고 할 수 있다. 동물들의 그것은 본능적, 생득적, 조건반사적, 무비판적인 데 반해, 인간들의 그것은 본능적이라기보다 자기 목적적으로 사용한다는 점이다. 말하자면 인간의 폭력과 무력은 동물들의 그것과 달라서 목적과 이유를 갖는 경우(동물은 먹잇감 취득, 종족 번식, 서열 확립, 영역 확보 등을 위해 부지불식간에 본능적으로 쓰지만 인간은 그것 외에 다른 목적으로도 사용한다. 가령 질투심에서 유발된 구타와 살인, 신념과 종교에 따른 테러와 폭행, 상부의 명령에 의한 암살 등등)가 많다. 그가 여기서 인간의 폭력을 구태여 '이성적 폭력'이라고 말하는 이유는, 인간의 폭력은 의도성이 잠재되어 있어 폭력을 자제하거나 사용하지 않을 수도 있다는 점을 분명히 하고자 함이다.

그가 지금 읽고 있는 이 글 속에 나타난 폭력과 무력은 양측 모두 자기 목적적, 즉 이성적으로 사용하고 있다는 점이다. 양측(특히 사 측과 경찰)이 폭력을 사용하지 않고 이성적으로(비폭력적 방법으로) 해결할 수 있을 것이라는 것이다. 경찰, 다시 말해 국가의 법 집행도 법의 테두리 안에서 얼마든지 평화적인 해결책을 유도하고 지원하고 인내할 수 있지 않았을까? 쥐도 궁지에 몰리면 고양이를 무는 법이다. 국가의 권력, 소위 공권력은 강자들에게 충성하는 악한 권력이 아니라, 약자들을 위한 선한 권력이어야 하지 않을까? 우리 스스로 인간은 동물과 다르다며 존엄한 존재라고 배워 왔다. 그 배움과 믿음을 배신하면서까지 법 집행이라는 미명 아래 무자비한 무력과 폭력을 쓰는 경찰은 도를 넘어선 것 아닌가? 경찰, 그들도 사람 아닌가? 이런 생각을 하는 나 자신이 너무 무지하고 철부지이고 순진한 것인가? 하는 생각을 하며 그는 다시 공책으로 눈을 옮겼다.

1만 평에 이르는 조립4공장 옥상은 50명도 안 되는 인력으로 방어하기에 섹터가 넓었고 무기는 빈약했다. 대형 크레인과 소방 사다리차, 고무총으로 중무장한 경찰 특공대를 대적하기에는 중과부적이었다. 그동안 동지들은 교대 인력 없이 뜬눈으로 지키다 보니 체력이 이미 고갈되어 특공대의 공격 앞에 속수무책, 무방비 상태나 다름없었다.

　그래도 옥상만큼은 사수대에게 난공불락의 요새라고 여겨졌는데 경찰 특공대의 집요한 공격에 한순간 무너졌으니 안타까웠다. 결국 사수대 일부가 옥상에서 밀려 내려와 도장1팀과 2팀에 합류했다. 조립4공장이 경찰 특공대에게 넘어간 뒤 자재하치장에 불이 났다는 소식도 전해졌다. 자재하치장은 도장1공장 바로 옆에 붙어 있었다. 도장1공장은 특공대에게 밀려 이제 막 내려온 조립4공장의 잔여 사수대가 합류해 있었다.

그런데 화재를 보고받은 지도부는 도장1공장 퇴각을 명령했다. 이 명령은 지도부로서 치명적인 실수였으며 파업의 성패를 가른 패착이었다. 도장1공장의 폭발 우려 때문에 내린 선제적 대응이었다. 나중에 밝혀졌지만 소화기로는 진압 불가능한 큰불이긴 해도 도장1공장으로 확산될 불은 아니었는데 퇴각 지시를 내려, 파업대의 가장 중요한 거점을 경찰에게 거저 바치는 꼴이 되었다. 퇴각한 현장 사수대의 불만은 당연히 지도부로 향했다.

그러나 나는 그 의견에 동의할 수 없다. 사수대의 안전, 공장과 생산 시설의 보호를 최우선으로 둔 지도부의 선제적인 결정을 비난할 일은 아니다. 다급한 상황에서 화재의 규모와 방향을 가늠하기가 어려웠을 것이고 만에 하나, 그 불이 도장공장으로 옮겨붙어 폭발했다면 어찌 되겠는가? 수많은 인명 피해는 명약관화했다. 지도부로서는 설령 이 전쟁에서 지더라도, 옥쇄파업에 실패하더라도 공장 피해와 인명 피해를 최대한 막고자 했던 비장한 결정이었을 것이다.

그보다 더 중요한 것은 도장1공장에 비축해 둔 비상식량과 식수 모두를 경찰에게 빼앗겼다는 점이다. 그 식량과 식수만 있어도 파업대는 한 달 이상을 더 버틸 수 있었다. 오호애재嗚呼哀哉라. 결국 도장1공장의 퇴각은 전체 파업 전선의 대오를 와르르 무너뜨린 최악의 결정이었다. 설혹 조립4공장을 내준다 해도 제2방어선인 도장

1공장이라도 지켰다면, 백기白旗까지 들고 나오지는 않았을 것이다. 도장2공장의 비상식량은 고작 이틀 치의 컵라면과 물뿐이었다.

식수와 식량을 더 이상 조달할 수 없는 고립 상태에서 계속 버티기란 죽음을 각오하는 것이었다. 부상자도 이미 140명을 넘었다. 수천 명의 경찰과 악명 높은 경찰 특공대의 무지막지한 공격도 500명의 힘으로 막아냈으니 파업대의 사기는 하늘을 찔렀지만, 조립4공장의 후퇴와 도장1공장의 퇴각은 파업대에게 위기감과 불안감을 안겼다. 앞으로 버텨 낼 비상식량이 경찰의 손에 넘어갔고, 그때 이미 도장2공장은 경찰에 의해 완전히 포위되어 있었다.

설상가상으로 어제와 오늘, 파업 대오에서 100여 명의 노조원이 이탈, 농성장을 빠져나갔고 남은 파업대 중에서도 반 이상이 짐을 싸 둔 상태였다. 농성 무기 또한 성한 게 하나도 없었다. 무엇보다도 버틸 물과 식량이 더 이상 없었다.

결론적으로 조립4공장 옥상 전투를 끝으로 옥쇄파업은 사실상 종결된 거나 다름없었다. 그날 밤 노조원 총회에서 강경파 몇몇이 최후의 일각까지 싸우자는 결기를 피력했지만 큰 호응을 얻지 못한 채, 농성장을 나가겠다는 대다수 노조원들의 의견에 묻히고 말았다. 모두 심신이 녹초가 된, 희망의 빛보다는 절망의 그림자가 더 커 보였기 때문이었을 것이다.

여기 대다수 노조원들의 의견이란 것에는 사 측과 마지막 협상을 해 보겠다는 지도부와 지부장의 간곡한 호소도 포함되어 있었다. 지도부라고 무슨 용빼는 재주가 있었겠는가? 전세는 기울었지만 자신들을 믿고 따라 준 동지들의 권리를 끝까지 지켜 보겠다는 절박한 결기였을 것이다. 다시 말하면 그때 그 협상이야말로 지도부와 지부장에게는 진짜 마지막 전쟁이었을 것이다.

그들이 소기의 목적을 달성했는지 안 했는지는 중요하지 않다. 나는 지부장에게 한없는 신뢰와 박수를 보내지 않을 수 없다. 그는 일체의 사심私心이 없었고 솔선수범했고 끝까지 의리를 지켰으며 마지막까지 자신을 희생했다. '자판기 조합'으로 전락했던 다른 노조나 지도부와는 달리, 그는 그런 불신과 위화감을 일거에 불식시키며 조합원들을 흔들리지 않는 강철 대오로 만들었고, 사람을 압도하는 정신력과 통솔력으로 험난한 파업을 이끌어 왔다. 앞으로 그런 사람을 다시 만나기란 쉽지 않을 것이다.

하지만 명백한 사실은 막강한 정부와 경찰, 거대한 자본을 가진 사 측과 맞서 우리는 부서졌고 우리의 투쟁은 실패로 끝났다는 것이다. 이 사실을 인정하지 않을 수 없다는 게 억울하고 분했다.

끝으로 병관은 이런 말을 했다. "코가 찢어지고 귀가 째지고 팔다리가 부러지고 얼굴은 만신창이가 되어…. 아, 그러니까 그날, 우리는 인간이 아니었다. 경찰 특공대에게 짓밟힌 벌레들이었다. 무자비한 폭력 앞에 교섭다운 교섭 한번 못 해 보고 옥쇄파업은 미완으로, 정리해고 철회는 실패로 끝났다. 그러나 우리에게는 최선을 다한 싸움이었고 해 보는 데까지 다 해 본, 더 이상 해 볼 수 있는 것이라고는 아무것도 없는 마지막까지 버틴, 그래서 산산이 부서졌을망정 패배를 인정하고 싶지 않은 전쟁이었다."라고.

그리고 그는 마지막 말을 잊지 않았다.

"옥쇄파업 중에는 비가 오지 않아 미칠 지경이었어. 너도 알다시피 옥상의 동지들은 목이 타들어 가고 숨이 턱까지 막히는 폭염과 싸우면서 특공대의 공격을 막아야 했다. 그런데도 한 달이 넘도록 비 한 방울 내리지 않았어. 오죽했으면 어떤 동지는 아침마다 물을 (비록 공업용수였지만) 떠서 기우제를 지내기도 했고. 또 어떤 동지들은 경찰이 쏘아 대는 살수차 최루액 속으로 뛰어들어 샤워를 하겠다고 했을 정도니까. 하늘은 야속했다. 그런데 우리가 패배를 인정했을 때, 민주광장에서 지도부와 동지들이 마지막 끌어안고 헤어질 때 얄궂게 하늘에서 비가 내렸어. 그날, 세상에서 가장 슬픈 비가 내렸고 눈물인지 빗물인지 알 수 없는 액체가 두 뺨을 타고 흘렀어. 하늘은 또 한 번 야속했고 원망스러웠다."라고.

그래. 그렇다. 옥쇄파업을 했던 모든 동지들은 시지프스[1]다. 그들의 운명이 시지프스 못지않게 부조리 앞에 놓였기 때문이다. 까뮈는 이런 말을 던졌다.

"일생 동안 매일매일 똑같은 노동을 하며 사는 오늘날의 노동자들, 그들의 운명 역시 부조리하다. ...중략... 신神들의 프롤레타리아이며 무력無力하고 반항적인 시지프스는 그의 비참한 조건의 크기를 안다. 그가 (산에서) 내려오는 동안 생각하는 것은 이 조건이다.

그에게 고통을 안기는 이 명백함이 동시에 승리의 왕관을 씌워 줄 것이다. 멸시로 극복되지 않은 운명이란 없다."[2]

내가 여기서 주목하는 것은 "무력하고 반항적인 시지프스는", "비참한 조건"을 안다는 문구다. 이는 시지프스가 무력하고 반항적이기 때문에 비참한 조건에 놓인다는 것이다. 역으로, 시지프스가 무력하더라도 순종적이라면 비참한 조건에 놓이지 않는다는 것이다. 지금의 저 '산 자'들처럼 힘이 없어도 순종적이면 비참한 운명에 놓이지 않고, 나와 동지들처럼 힘이 없으면서도 반항적이면 비참한 운명에 놓인다는 것이다. 힘이 없으면 순종적이든지, 반항적이라면 힘이 있어야 한다는 것이다. 전적으로 옳은 말이다.

두 번째는 "멸시로 극복되지 않는 운명이란 없다."라고 언명한 부분인데, 그는 뭘 잘 모르는 사람이다. "멸시로 극복되지 않는 운명이란 부지기수다." 힘센 상대를 멸시한다고 해서 그들을 이겼다고 할 수 있겠는가? 고작 정신적인 위안을 얻는 정도. 이솝 우화의 익은 포도를 못 따고 돌아서는 여우의 태도와 무엇이 다른가? 그가 포도를 멸시했을 뿐 원하는 목표를 달성하지는 못한 것은 분명하다. 지금 우리도 그렇다. 사 측과 정부, 경찰을 향해 아무리 야멸찬 멸시를 보낸다 한들 우리가 그들을 이긴 것도, 우리의 실패가 승리로 바뀌는 것도 아니다. 그들을 멸시한다고 우리의 비참한 운명이 극복되는 것은 더더욱 아니다.

그러니 나는, 까뮈를 인생의 표면을 날아다닌 한 마리 부나비에 불과했다고 본다. 그에게 있어서 인생이란, 말하자면 표지와 목차만 읽고 덮어 버린 책과 같았던 것이다.

그렇지만 까뮈의 주장에 열렬히 지지를 보내는 다른 하나는, 위의 첫 문장 후반부 "오늘날의 노동자들, 그들의 운명 역시 부조리하다." 이것이다. 그렇다. 우리 노동자들의 운명은 부조리하며, 우리는 부조리의 세계에 휩싸여 부조리 속으로 몰락하는 부조리한 존재들이다. 그런데 불행히도, 행복을 알았다고 해서 행복해지는 게 아니듯 부조리를 알았다고 부조리를 탈피하는 게 아니다. 그것은 뿌리 깊고 강고해서 우리의 의지와 노력을 무너뜨리고 삼켜 버린다.

그리하여 우리는 강한 세력을 만나면 약해지고 무릎을 꿇는다. 이것은 만고의 진리다.

한여름 8월의 구치소는 더위와 싸우느라 수의囚衣를 다 벗고 지내야 했다. 열세 명의 수감자가 똑바로 눕지도 못하고 몸 옆 부분만을 겨우 바닥에 댄 채 잠을 자야 할 만큼 감방 안은 비좁았고, 철장을 볼 때마다 동물원 원숭이 우리 속에 갇힌 듯한 모멸감을 느꼈다. 군 제대 이후 처음 다시 자 보는 칼잠이었고, 다른 죄를 지은 여러 죄수들과 함께 생활한다는 게 찜찜했다. 등과 팔뚝이 문신으로 뒤덮인 친구들도 있었다.

하지만 이들 중에는 나처럼 기가 차고 억울한 옥살이로, 분노와 울분에 떠는 죄수도 없지 않을 것이다. 이 빌어먹을 놈의 세상은 얼마든지 그럴 수 있다. 며칠째 계속되는 경찰과 검찰 조사로 온몸이 피곤했지만 그때마다 잠을 쉽게 이룰 수 없었다. 검찰에 불려 다니는 조합원이 200명이 넘었고 최종 80명인가 81명이 구속되었다 한다.

새벽에 들이치는 한기寒氣로 인해, 발치에서 끌어다 덮는 모포의 땀 냄새와 곰팡이 냄새, 밤새 꺼지지 않는 둥근 전등은 그곳이 사회와 완전히 격리된 곳이라는 걸 항상 상기시켰고 한사코 냉엄한 현실을 잊지 않게 했다. 그러니 나를, 나의 내면을 깊이 들여다보지 않을 수 없었다. 나는 누구이고 무엇인가? 앞으로 나는 무엇으로, 어떤 존재로, 뭘로 살까?

어떤 소리는 곧 이어지는 행동의 전조 현상이기도 하다. 공장 상공에서 헬기 소리가 들리면 곧이어 최루액이 뿌려지고 경찰과 사 측의 공격이 시작되었다. 감방 문 양쪽 옆에 붙어 있는 벽체형 선풍기 소리는 딱 헬기 소리를 닮았다. 낡고 오래 돼 소음이 심한 선풍기는 하루 종일 돌았다.

평소에 선풍기 소리를 잊고 지내다가 그 소리가 왈칵 고막을 찢고 꽂히는 순간, 최루액이 폭포수처럼 쏟아지는 환영幻影이 눈앞을 가려 소스라치게 놀라곤 했다. 그럴 때마다 손에 땀을 쥐었고 온몸에 힘이 빠져 맥을 못 추었다. 선풍기가 멈춘 가을까지 나는 몇 번이고 주눅이 든 사람처럼 초점을 잃고 흐느적이며 그렇게 수감 생활을 해야 했다.

나는 그곳에서 여름을 보내고 내가 가장 좋아하는 계절인 만추,

쓸쓸한 겨울이 막 시작되는 가을의 끝자락에 구치소를 나왔다. 다음은 그 무렵 출소 직전에 상념을 적은 글이다. 그때 내 솔직한 심정이어서 여기 옮긴다.

요즘 나는 모든 감각을 상실한 채 들판에 꽂힌 허수아비와 다를 바 없다. 나는 불합리하고 불공정한 사회구조의 작은 것, 단지 작은 것 하나를 바꾸고자 온몸을 던졌으나 바뀐 것은 아무것도 없다. 바꾸고자 했던 노력은 물거품으로 끝났다. 그래서 내 머리를 짓누르는 것은, 아무리 발버둥 쳐도 무엇 하나 바꿀 수 없는 거대한 벽, 넘어설 수 없는 벽을 보게 되었다는 점이다. 이것은 손바닥으로 바위 때리기와 같다.

또한 나는 개혁과 변혁이, 그리고 무언가를 바꾸려는 노력과 투쟁이, 고난의 길이면서도 결코 성공을 담보할 수 없는 헛발질일 수 있다는 것도 알게 되었다. 성공을 장담할 수 없는 고통스런 헛발질을 과연 계속해야 하는가? 밖에 나가면 입에 풀칠하기에 여념이 없어, 그 짓은 어쩌면 허영이고 사치일지도 모른다.

그런데, 왜 내게 이런 심경의 변화가 온 것일까? 왜일까? 어디로부터 온 것일까? 내 앞에 놓인 현실이 끔찍해서일까? 탈출구 없는 절망감, 좌절의 무력감 때문일까? 알 수 없다. 냄비 근성 때문일까? 아니다. 이것은 허탈감 때문일 것이다. 실패해도 허탈하지만 성공했더라도 허탈했을 것이다. 지금 저 공장 안에 있는 동료들도, 공장 밖에 있는 동지들도 모두 허탈할 것이다. 서로가 서로를 할퀸 상처가 너무 깊어…. 그 상처가 다 아물 때까지…. 자책감과 자괴감을 쉬 덜어 내지 못하고…. 허탈할 것이다.

그러나 사 측은 승리의 축가를 부를 것이다. 이 망할 놈의 세상! 아, 이놈의 세상사 늘 이 모양 이 꼴이다. 개망나니같이 미친 세상! 그러니 나는 아무 생각이 없이 그저 빈 들판만 바라보고 선 지푸라기 허수아비가 되고 싶을 뿐이다.

지금까지 사태를 내 나름대로 정리한 것이다. 내가 겪은 이 사태가 내 삶을 어떻게 끌고 갈지 알 수 없다. 꽃길일지 가시밭길일지, 좋을지 나쁠지, 희망의 날개가 될지 절망의 누더기가 될지 아직 알지 못한다. 정리해고 된 3,000여 명의 동지들도 마찬가지다. 다만 우리는 쟁취한 게 아무것도 없으면서, 역설적으로 파업 전에 가졌던 것마저도 모조리 빼앗기고 잃었다는 점이다. 다시 말해서 상황은 파업 전보다 훨씬 나빠졌고, 더 나빠지고 점점 더 악화되어 최악이 되고, 최악이 된 그때 우리는, 아니 나는 어떻게 바뀌고 어떻게 변할지 알 수 없다는 점이다.

악몽, 한여름 밤의 악몽 같던 파업이 끝난 지 5개월. 출소한 지도 두 달이 되어 간다. 내가 그동안 꿈을 꾸었던가! 정말 꿈이었던가? 그때 그 끔찍한 일이 이 땅에서 그리고 그 시간 속에서 진짜 있었던 사건이었던가? 현실 속에서 정말 실재했던 일이었던가? 꿈이 현실 같고 현실이 꿈같을 때가 있다. 뭐라고 설명할 수 없지만 지금이 바로 그렇다.

전투가 치열한 전장일수록 승자의 기쁨은 더 크고 패자의 상처는 더 깊은 법이다. 그래서 승자는 승리의 나팔을 불며, 자신들의 죄와 허위와 거짓 증거들을 모두 없애고 감춰 버렸다. 출소하고서 놀란 것은(사실 놀랄 일도 아니지만) 그들이 원했던 그대로 언론에 의해, 우리는 **'회사가 망하든 말든 자기들만 살려고 한 이기적인 집단, 정당한 공권력을 향해 폭력을 휘두른 폭도와 빨갱이'로 낙인찍혀 있었고 범죄자로 매도**되어 있었다.

정치도 경제도 회계도 모르는 노동자들이, 다만 살기 위해 싸웠을 뿐인데! 이거야말로 진실이 뒤집힌 허위과 조작이지만 이 또한 역사의 존재 방식이다. 우리는 폭도가 무엇인지도 모른 채 폭도가 되었고 빨갱이가 무엇인지도 모른 채 빨갱이가 되었다. 이게 바로 승자가 획득한 영광의 면류관이요 찬란한 전리품이다. 역사는 승자의 전유물, 승자가 역사를 기록하니까! 그래서 **힘 있는 자들의 소리는 작게 말해도 크게 들리지만 힘없는 자들의 외침은 크게 말해도 작게 들리는 법이다.**

하지만 가장 참담한 것은, 거짓을 폭로하고 진실을 밝힐 정의와 양심 세력이 없다는 것, 설령 있다고 하더라도 힘이 미약해서 밝힐 수 없다는 것, 그래서 진실을 알면서도 차라리 외면하고 침묵하는 수많은 사람들, 그 **침묵하는 다수의 선택 역시 역사의 존재 방식이**

다. 역사는 고래古來로 그렇게 이어져 왔고 또한 그렇게 흘러갈 것이니까. 그리하여 나는 마지막으로 마틴 니뮐러 목사를 떠올려 보았다.

> 처음 그들이 공산주의자들을 덮쳤을 때
>
> 나는 침묵했다, 나는 공산주의자가 아니었기에.
>
> 그들이 노동조합원을 덮쳤을 때
>
> 나는 침묵했다, 나는 노동조합원이 아니었기에.
>
> 그들이 유태인을 덮쳤을 때
>
> 나는 침묵했다, 나는 유태인이 아니었기에.
>
> 그 후 그들이 나를 덮쳤을 때
>
> 나를 위해 말해 줄 사람이 아무도 없었다.[5]

이 사태와 관련하여 지금까지 여섯 분이 극단적인 선택을 했다. 사망자가 더 늘지 멈출지도 알 수 없다. 한 분 한 분께 심심한 명복을 빈다.

첨언: 이미 언급했지만 최대한 감정 개입을 억제하고자 하였으나 서두부터 그 약속을 지키지 못한 것 같습니다. 그것은 감정을 억제할 수 없는 격분한 사건이었고, 사건이나 사태에 반응하는 사람의 감정 또한 여과 없는 진실과 진심이므로 그대로 노출될 수밖에 없다는 점을 밝힙니다. 양해해 주시기 바랍니다.

글은 여기에서 끝나고 빈 페이지가 두어 장이 이어진 다음, 다시 예닐곱 장 이상 또 뭔가가 적혀 있었다. 날짜가 적힌 페이지가 있고 날짜가 없는 페이지가 있었다. 그는 먼저 날짜가 적힌 페이지의 글을 읽은 다음, 날짜가 없는 글을 읽었다.

사물을 멀리서 보면 더 잘 보일 때가 있다. 그래서 무언가를 제대로 보려거든 멀리서 눈을 감고 보라는 말이 있다. 사건에 휩쓸릴 때는 그것의 본질과 핵심을 파악하기 어려울 때가 있다. 나는 옥쇄파업이라는 폭풍 속에서 엄혹한 현실을 파악하지 못했을 수도 있다. 그래서 모든 잡음과 소음을 제거하고 내 현실에 집중해서, 오롯이 나와 내 가정의 실정實情에 집중해서, 사태를 바라보는 시간이 필요했다.

그런 시간을 갖게 되면서 나는 내 주변이 무언가 잘못 돌아가고 있다는 것을 알았다. 딱히 꼬집어 말할 수 없지만 어쩐지 정상 궤도에서 벗어나 샛길로 빠졌다는 느낌을 지울 수 없다. 마치 아무 이상 없이 달리던 기차가 갈림길에서, 곧 막혀 버릴 옆길로 들어섰다는 불길한 예감 같은 것 말이다. 현재까지 모든 것을 종합해 볼 때 나는 옥쇄파업에 참가하지 않았어야 했다. 나는 지금 후회하고 있는 것이다.

파업이 끝나고 막막한 1년이 지나갔다. 몇 달 전부터 허리 통증이 가셔 건설 현장에서 막노동으로 아내의 생활비를 보태고 있다. 노가대판에서 땀 흘리던 어느 하루, 불현듯 이런 생각이 들었다. **내 어머니와 아내, 어린 자식들을 따뜻하게 먹이고 입히고 재우는 일보다 세상에서 더 가치 있는 일이 있을까? 가장에게 이보다 더 중요한 신앙과 사상과 이데올로기가 있을까?**

가족의 생계를 책임지는 일은 가장에게 떨어진 지상 명령과 같다. 그런데 나는 그 명령을 성실히 수행했는가? 돌이켜 보니 현재 공장 안에 있는 사람들은 그 명령의 무게를 무겁게 느끼고 현실을 택한 '산 자'들이라면, 공장 밖에 있는 동지들은 그 명령의 무게를 가볍게 여기고 비현실적인 선택을 한 '죽은 자'들이라고 할 것이다.

나는 당시 내가 할 수 있는 최선의 선택을 한 것이었지만 최악의 결과를 가져왔다. 배부른 돼지도 싫지만 배고픈 소크라테스도 싫다. 배고픈 소크라테스로 살자니 존재가 무너지고 가치가 흔들린다. 후회막급이나 때는 늦었다. 그때 이미 나는 루비콘 강을 건넜고 다시 돌아올 수 없는 길에 서 있었다. 다시 말해, 후회스럽기 그지 없지만 시간을 거꾸로 되돌려 다시 똑같은 상황이 오더라도 내 선택은 변함없을 것이다. 인생을 돌아보면 다만, 어떻게 살든 후회뿐이라는 것을 알았다는 정도.

그러니 내가 지금 말하고자 하는 요점은 차후 내게 닥칠 어떠한 미래도(그것이 행운이든 불운이든) 내가 떠안고 가야 할 운명이라는 것이다. 내가 저지른 선택이니 내가 감당할 수밖에 없지 않겠는가!

지금까지 이 사태와 관련되어 유명을 달리한 분이 아홉 분이시다. 진실이 왜곡되지 않은 세상에서 영면하시길 빌 뿐입니다. 참으로 암울한 시간이다.

—9월 23일

다음은 날짜가 적히지 않은 글이 둘인데, 그중 하나는 제목이 붙어 있었다. 그는 먼저 제목이 붙은 것부터 읽었다.

열아홉 번째 죽음

성환 형에게서 막 연락이 왔다. 조립부 파업 노동자가 목숨을 끊었다는 부고였다. 거제도로 내려간 지 7개월 만에 고시원 옥상에서 목을 맸다고 한다. L 자동차 파업 노동자들은 이 국가와 사회로부터 헌 신짝처럼 버려졌다. 동지들도 친구들도 일자리를 찾아 수원, 인천, 거제, 울산, 부산으로 옮겨 다녀야 했다. 하루 일당에 목을 매는 날품팔이로 살아가는 사람들이란 일거리가 끊기면 위기와 공포를 느끼고 겨울이 오면 그 두려움은 배가된다. 올해 들어서만 여덟 번째 죽음이고 지금까지 총 열아홉 번째 죽음이다. 올해는 유난히 목숨을 끊은 동지들이 많다. 지난달과 이번 달만 해도 네 번의 부고를 접했다. 열여덟 번째 장례를 치르고 이틀후 열아홉 번째 사망자가 발생한 것이다.

열여덟 번째 고인은(고인이라는 단어 앞에 숫자를 붙이는 게 참 어색하지만) 정리해고자가 아니라 소위 '산 자'였다. 성환 형의 말에 따르면 그는 관제데모에 여러 번 참여했던 구사대였고, 사 측에서 쥐어준 쇠파이프와 새총으로 우리를 공장에서 내쫓았다. 동료들에게 비수를 겨눈 자책감과 배신자라는 죄의식이 그를 죽음으로 몰았을 것이라고 한다. 그는 고통과 갈등을 끝내 극복하지 못하고 자신의 차 안에서 착화탄을 피우고 숨진 채 발견되었다. 죽은 자는 죽은 자대로, 산 자는 산 자대로 모두가 가슴에 구멍 하나씩이 뚫려 있고 온통 검붉은 피멍을 안고 살아간다.

아침 일찍 장례식장에 들러 조문을 마친 성환 형이 분향소가 차려진 대한문大漢門을 가 보자고 제안했다. 나는 내키지 않았다. 거기까지 꼭 가야 하고 시위를 또 해야 하나? 거절할 명분을 찾아 머뭇거리는 나를 병관이 눈치채고 내 어깨를 감싸며 바람도 쐴 겸 한행보行步 하자고 종용한다. 나는 내키지 않는 걸음으로 따라 나섰다. 네 사람 중에 유일하게 처분하지 않은 성철의 코란도로 상경할까 하다가 서울 지리에 썩 밝지 못하므로 직행 버스로 상경하기로 했다. 대한문 앞에 도착하니 아직 빵에서 출소하지 못한 지부장을 대신해 조직국장과 사무국장이 우리를 맞았다. 모두 침통한 얼굴이었다.

우리는 동지들과 금속노조 대의원, 지지와 성원을 보내는 시민들과 함께 교대로 팻말을 들고 어깨띠를 두르고 침묵의 항의를 했다. 나는 나서지 않고 그저 가만히 바닥에 앉아 있었다. 거리를 한바탕 훑고 가는 초겨울 삭풍에 동지들의 어깨띠가 파르르 떨렸다. 여기서도 경찰은 여전히 우리를 에워쌌고 기자들도 몇 명 취재차 들렀다.

지나가는 시민들이 미안하다고 했다. 왜 미안해하는 걸까 궁금했다. 알고 보니 자신들이 싸워야 하는데 못 싸운 것에 대한 미안함이었다. 우리와 같은 처지에 놓여 있는 그들을 대신해 우리가 싸워 주고 있다는 고마움이었다. 동병상련. 그러니까 이것은 우리 자신들만의 싸움이 아니라 우리와 같은 처지에 놓인 모든 노동자를 위한 싸움이기도 했다. 하지만 나는 덤덤했고 아무런 감흥도 없었다. 불꽃이 사그라진 화로 속의 재와 같았다. 화기火氣가 사라져 버린 한낱 쓸모없는 화로!

어둠이 깔리자 성환 형이 추위도 녹일 겸 저녁을 먹자며 두 국장을 끌고 프레지던트호텔 뒤 북창동의 허름한 2층 대포집으로 갔다.

잔이 한 순배 돌자 사무국장이 입을 열었다.

"이 친구가 이렇게 황망히 갈 줄 몰랐습니다."

조는 다르지만 옛날에 같은 라인에서 일했던 사무국장이 입을 열었다. 잠시 뜸을 들이더니,

"나도 요즘 이런 세상 살아서 뭐 하나? 내가 왜 살고 있지? 하는 생각이 들 때는 내 자신이 무서워지기까지 합니다. 내 스스로 뭘 어찌 해 버릴까 봐!"

"나도 그래. 하루하루 민생고를 걱정해야 하는 찌들어진 일상, 하루살이 인생, 말라비틀어진 삶, 정말 이런 세상에서 살아서 뭐 해? 이런 생각이 들어."

성환 형이 말을 받고 잠시 끊었다가,

"고인에게 욕될 소린지 몰라도, 먼저 가서 좋겠어. 차라리 그게 훨씬 나을지도 몰라."

사무국장이 다시 입을 열었다.

"가정불화도 잦고 아내도 일 다니느라 지쳐서 집안일도 못 챙기고. 생활고보다 더 힘든 건 가족 사이에 벌어지는 틈. 나중에 가정이 산산이 부서질까 봐 겁납니다."

그리고 그가 술잔을 비우면서,

"힘들어하는 아내도 불쌍하고 그 틈바구니에 있는 애들도 불쌍하고. 내가 죽으면 누가 애들을 키우나…. 만감이 교차합니다."

병관이가 한숨을 쉬며 말을 이어 갔다.

"애들한테 무슨 말을 하고, 뭐라고 위로해야 할지 모르겠어. 거기다가 내 사는 지하방은 곧 계약이 끝나 이사할 집을 또 찾아야 할 판이야. 지금 보증금 가지고는 방 두 칸짜리가 없어, 고향을 떠나야 할 것 같아. 그러니 먼저 간 사람들이 행복한 거지."

여기 이들은 모두 내 이야기를 하고 있었다. 누구 하나 예외 없이 어찌 이리 나와 똑같단 말인가? 두려웠다. 나는 내 말을 단 한마디도 끄집어낼 수 없었다. 그렇지 않아도 나는 며칠씩 악몽에 시달리곤 했다. 이 버러지 같은 세상을 살아서 뭐 하나? 내가 왜 살아야 하지? 이런 더러운 세상 더 살아서 뭐 하나? 단 하루를 살아도 예전처럼 행복했으면 좋겠다. 그 행복은 어디로 갔을까? 어디서 찾을까?

"앞으로 더 빠듯해질 텐데 애들이 불쌍해요. 제대로 뒷바라지도 못 해 주고 가난의 멍에를 씌우는 것 같아 애들 장래가 짠해요."

성철이 침통한 표정으로 한숨을 내뱉었다. 유복했던 가정들이 헐벗은 가정으로 추락한 것이다. 극심한 고용 불안에 시달리며 하루하루를 몸으로 버려야 하고, 아등바등 몸으로 때워야 하는 하루살이 가장들이 되어 버린 것이다. 우리는 나날이 허물어졌고, 더구나 나는 급격히 무너지고 있었다.

조직국장이, 신임 지부장은 공장 정문에서 **'정리해고 철회와 해고 노동자 전원 복직, 국정조사를 통한 진실규명'을 외치며** 혼자 농성 중이라고 하면서, 동지들이 좀 적극적으로 나서고 뭉쳐서 국회도 가고 시청과 도청에 찾아다니며 호소와 항의도 하고 했으면 좋 겠는데 규합이 안 된다고 안타까워한다. 그렇다! 우리는 계속 싸워 야 하고 끝까지 싸우지 않으면 안 된다. 더 강한 집단으로! 그렇지 만 더 센 상대와 부딪치면 다시 굴복하고 만다. 상대는 한 번도 우 리보다 약한 적이 없다. 이것은 부정할 수 없는 진리다.

하지만 그래도 뭉쳐야 한다. 흩어진 것보다 뭉치는 것이, 개체보 다는 집단이 힘이 세다는 걸 알면서도 안 된다. 우선 나부터도 그 렇다. 더 이상 그럴 용기도 패기도 없다. 동지들도 다 그럴 것이다. 이미 실패를 알기 때문일까. 행동하려 하지 않는 것이다. 답이 없고 답답하지만 누구를 원망하겠는가. 우리가 우리를 지키지 못한 죗 값인 걸. 우리가 우리의 발등을 찍을 수밖에.

다음의 글은 제목도 날짜도 적히지 않았다. 그가 보기에 이 글은 언론사에 기고하려고 작성한 글 같기도 했다.

어느 나라든 계급이 존재한다. 천국을 지상으로 끌어내려, 계급 없는 프롤레타리아 천국을 건설하려했던 칼 맑스. 그가 죽고 그 후 예들이 그의 이론을 자기 입맛대로 비틀어서 탄생시킨, '칼 맑스의 상표'를 달고 지구상에 나타난 모든 '짝퉁' 공산주의 국가도 계급사 회다(이런 짝퉁 공산국가들은 이미 몰락했거나 현재 잔존하더라도 레닌의 전위정당 같은 일당독재에서 벗어나지도 못했거나 계급 없는 프롤레타리아 천국은 고사하고, 자본주의보다 더 극심한 빈부 격차에 시달리고 있다. 공산주의는 칼 맑스를 오해하고 모독했으며 자본주의는 아담 스미스를 오해하고 모독했다.).

하물며 태생적으로 불평등 구조를 가진 자본주의야 말해 무엇하랴. 그런데 옥쇄파업 전에는 그 계급이란 걸 크게 느끼지 못하고 살았다. 돈을 좀 많이 버는 사람과 돈을 좀 적게 버는 사람, 나쁜 환경에서 고된 일을 하는 사람과 좋은 환경에서 고부가가치의 직업을 가진 사람이 있다는 정도로 여겼다. 직업에 따라 소득에 따라 다른 계층은 있지만 계급이 있으리라고는 생각하지 않았다.

나 역시 고액 연봉에 삐까번쩍한 직업은 아니지만, 비록 공돌이긴 해도 남부럽지 않은 일터에서 내 능력껏 안정된 가정을 꾸려 왔다. 그런데 막상 내가 정리해고를 당해 보니 이 사회가 철저한 계급 사회라는 것을 알았다. 다 아는 사실이지만 얼마 전 어떤 교수가 TV에서 이런 강연을 했다.

자본주의에서 차별과 계급과 불평등은 불가피하고 필연적이다. 왜 그럴까? 자본주의를 비판했던 칼 맑스가 두 가지 이유를 들어 정확하게 답하고 있다. 그중 하나는 장 자끄 루소가 『인간 불평등 기원론』에서 이미 언급했던 사유재산제도이고(이 부분은 다음 강연에서 훑어보기로 하겠습니다.) 다른 하나는 잉여가치론이다. 자본, 토지, 기계, 노동…. 그러니까 생산수단 중 오직 노동만이 가치를 창출한다는 이론理論은 이미 아담 스미스와 다비드 리카르도 등 고전경제학에서 이론異論의 여지없이 인정되었던 것이다. 다만 칼 맑스는 노동자만이 창출하는 이 가치 가운데, 일부는 노동자가 임금으로 되돌려받지만 나머지 일부는 이윤에 포함되어 자본가에게 간다고 주장한 것이다.

자본주의에서 자본가는(또는 자본은) 본능적으로 이윤을 추구하고, 그것도 무한 반복적으로 추구한다. 당신도 그렇지 않겠는가? 만일 당신이 사업을 한다면 당연히 이윤을 남겨야 할 것이다. 그것도 많은 이윤을 계속해서 반복적으로! 그런데 당신이 가져오는 이윤에는 당신이 투자한 자본과 당신의 노력으로 만든 가치 외에 종업원들(노동자)이 생산한 가치까지 포함되어 있다.

만일 당신이 가져온 이윤에 포함되어 있는 종업원들의 생산 가치를 종업원들 모두에게 되돌려준다면, 당신은 그처럼 많은 이득을 가질 수 없다. 그렇게 되면 당신의 사업은 잘해야 현상 유지, 아니면 망할 것이다. 고작 현상 유지 정도 하려고 혹은 망하려고 사업을 시작하겠는가? 자선 사업가가 아닌 이상, 사업을 크게 번창시키고 돈을 많이 벌고자 시작했을 것이다. 그러기 위해서는 많은 이윤을 추구하게 되고, 그러기 위해서는 노동자의 생산 가치를 가져올 수밖에 없는 것이다.

자본가가 악하고 못돼 먹어서 노동자를 착취하는 것이 아니라 자본의 원초적인 생리가 이윤 추구이고 자본주의 구조가 그렇기 때문에 그러하다는 것이다(칼 맑스 이론은 자본주의의 질병과 몰락을 예방하고 치료하는 백신과 같다고 할 수 있습니다.). 따라서 자본주의에서 착한 자본이란 없다.

그래서 자본주의에서는 경제적 약탈 능력이 뛰어날수록 부의 축적과 사회적 지위가 높아진다. 야만적인 자본주의에서는 이 계급의 약탈적 능력이 손쉽게 우월감을 드러내지만 그렇지 않은 자본주의에서는 과시적 소비로 자신들의 지위와 능력을 뽐내고, 아래 계급은 그것을 모방함으로써 계급적 열등의식을 달래 보지만 상대적 상실감은 더 깊어진다.

그러니 자본주의에서 삶이란 세 가지뿐이다. 비천한 삶과 우아한 삶, 그리고 후자를 모방하는 뱁새의 삶으로 구분할 수 있다. 공산주의보다 자본주의의 장점이 훨씬 많고 많지만, 그 많은 장점을 덮고도 남을 만큼 가장 치명적인 맹점이 바로 승자 독식, 약자를 잡아먹는 야수자본주의 문제다.

자본주의는, 자본가와 기업가 또는 재벌과 슈퍼스타들이 국가의 지원과 특혜, 그들만의 은밀한 카르텔과 독과점 시장을 통해 더 많은 이익을 가져가는 제도와 구조로 되어 있다.

그러니 자신이 기여한 만큼의 대가를 보장받지 못하는 노동자와 고액 연봉을 받으면서도 어느 날 경영 위기에 봉착하면 노동자에게 책임을 전가시키는 경영진과의 갈등은 필연적이다. 이는 소득 불균형과 빈부 격차의 심화, 특권층과 기층민의 양극화, 사회적 불평등을 불러오고 있다.

이런 양극화의 심화와 계급적 갈등은, 사회적 폐해는 말할 것도 없고 지속적인 경제성장 및 성장 잠재력을 갉아먹는 해충이며, 이를 제거하는 길은 국가의 소득재분배 기능의 강화와 사회 안전망 구축이 급선무라고 그 교수는 힘주어 말했다. **"경제성장을 왜 해야 하나요? 빈부 격차와 불평등을 심화시키기 위해서? 아니지요. 빈부 격차와 불평등을 해소시키는 경제성장이 되어야 하지 않겠습니까?"**

그런데 아직도 우리나라는 이런 낡고 오래된 야수자본주의를 벗어나지 못하고 있다고 한다. 이 낡고 오래된 야수자본주의로부터 경제적 약자를 보호하는 사회적 장치와 제도를 갖춘 국가를 만들어야 하는데, 그 역할과 임무를 다해야 할 핵심이 바로 대통령이라는 것이다.

이 공책의 글은 여기서 모두 끝났다.

그는 공책을 덮었다. 새벽 세 시가 넘었지만 쉽게 잠이 올 것 같지 않았다. 그는 찬장에서 거름종이를 꺼내 드립 커피 한 잔을 차분히 내렸다. '아침에 깨우지 마세요.'라고 적은 포스트잇을 아내가 잘 볼 수 있도록 식탁에 붙여 두고 책상으로 돌아와 커피 한 모금을 천천히 삼켰다. 창을 열자 기온이 뚝 떨어진 밤공기가 그를 감싼다.

정리해고와 비정규직 하청 노동자들이 왕창 쏟아진 시기는 6·25 이후 대한민국 최대 국난이라고 일컫는 IMF 구제금융 때였다. 노동 유연성이라는 단어도 이때부터 등장했다. 국제 자본의 이리 떼 IMF는 구제금융을 대가로 정부에 가혹한 조건을 내세웠다. 이른바 'IMF + α', 그 하나가 노동 유연성을 높이라는 요구였다.

김대중 정부는 부정적인 파급력을 염려해 미온적이었으나 결국 굴복—고인 윤경민 씨의 말씀대로 강한 세력을 만나면 약해진다. 국제 관계와 질서에서도 마찬가지다—했다. 온 국민이 고통 분담 차원에서 한시적으로 외환 위기에서 벗어나면 다시 회귀하겠다는 단서를 붙여 그렇게 했다. 그래서 근로자파견법—1998년 2월 제정—과 근로기준법을 개정—1999년 2월 개정—함으로써 정리해고 노동자와 비정규직 노동자들이 대량으로 쏟아져 나왔다.

당시 사회 안전망을 갖춘 유럽 등 선진국은, 기업주企業主의 손쉬운 해고가 가능한 노동 유연성을 높여도 큰 문제가 되지 않지만, 그렇지 않은 한국은 노동자를 벼랑 끝, 난장으로 내모는 행위였다. 사회 안전망이 갖추어져 있지 않았기 때문이었다. 당시 정부도 이 점을 염려했다. 그런데 문제는, 외환 위기가 끝났음에도 노동시장은 정부의 생각대로 회귀하지 않았고 정리해고자와 비정규직 노동자들은 계속 양산되었다. 이는 김대중 정권의 실책이었고, 그 당시 정리해고 노동자들을 죽음으로 내몰았다.

심지어 이를 악의적으로 이용해 부당한 이유를 들어 정리해고라는 미명 아래 노동자를 자르는 기업주들도 있었다. 바로 L 자동차 사태도 그렇다. 숙고해 보면, 노동시장에서 이탈한 노동자를 보호할 사회적 장치가 마련되어 있다면 노동자도 이렇게까지 극렬한 저항을 하지 않았을 것이며, 노와 사도 모두 합의 또는 양보할 수 있는 여지는 더 넓어졌을 것이라는 것은 자명한 이치다.

플라톤에서부터 18세기 말과 19세기 초, 서양철학의 대미를 장식한 칸트와 헤겔의 관념론과 합리주의는 이성과 정신을 높이 평가한 나머지 우리의 인간성이 완전하다고 봤지만, 그 후 반동적 철학과 철학자들은 이성주의를 신랄하게 비판해 왔다.

경우는 좀 다르지만 세상 돌아가는 걸 봐도 그렇다. 약자를 짓밟는 포악성과 야수성, 인간관계 속에서 드러나는 야비함과 비열함, 그칠 줄 모르는 탐욕과 권력욕, 나만 옳고 너는 그르다는 억지와 편향성은 인간의 저열한 본성과 악마적 본질을 보여 줄 뿐 결코 이성적이라고 할 수 없다.

전쟁은 이러한 악마성 아니면 정신병을 집단적으로 가장 잘 보여 주는 파멸적 게임이라고 할 것이다.

다시 말해, 19세기 초반 이러한 이성주의가 이미 선포되었음에도 불구하고 그 이후 발발한 수많은 전쟁을 막지 못했다. 그러니 인간이란, 인류의 조상이라고 일컫는 침팬지의 DNA를 아직도 우리의 육체 속에 간직하고 있거나, 탄생의 유산인 진흙을 그대로 지니고 다닌다는 것을 보여 주는 것이라 할 수 있다. 게다가 인간의 이성과 합리성이 평화와 화해를 이끄는 어떠한 힘과 권위를 갖지 못한다는 것도 알았다.

지금 바로 이 사태만 봐도 그렇다. L 자동차 공장은 노와 사가 적이 된 또 하나의 전쟁터다. 인간성이 단 한 치라도 나아졌거나 이성이 작동되었다면 이런 전쟁은 결단코 없어야 마땅하다. 양측 모두 최악의 파멸을 피하고자 하는 합리성, 더 많이 가진 자가 더 많이 양보하는 미덕과 상대를 배려하며 함께 더불어 살고자 하는 이타심이 제대로 작동되었다면 말이다.

그런데 그렇지 않다. 재론의 여지없이, 사람들의 이기심과 탐욕은 남을 속이고 거짓 증거를 대며, 적게 가진 자들의 것마저 빼앗는 부패한 인간성을 그대로 드러내고 있다. 그러니 역설적으로, 고결한 이상과 청산에 빛나는 정의감만으로는 이 세상을 살 수 없다는 걸 여실히 보여 주는 거라고 할 수 있다. 다시 말해 침팬지의 DNA가 되었든, 우리 몸속에 체화된 진흙이 되었든, 그것들이 결코 우리의 육체와 분리될 수 없다는 것을 증명해 보이고 있을 뿐이다. 그는 이런 생각을 하다가, 창을 열어 둔채 잠이 들었다.

그는 해가 중천에 떠서야 눈을 떴다. 감기 기운이 있는지 몸이 무거웠다. 창을 열어 둬서 그랬나? 냉장고를 열어 아점을 대충 해결하고 집을 나섰다. 사무실에는 경리뿐이었다. 경리가, 박이사와 최찬호 씨는 어제 현장을 처리해야 한다며 그 현장으로 출발했다고 한다. 다른 직원들은 오늘 토요일이라서 모두 휴무였다. 물론 경리도 쉬는 날인데 어쩐 일인지 출근을 했다.

그가 책상에 막 앉으려는데 경리이자 아내이자 시간제 근로자인 박경숙 씨가 세제와 약품 월말 구매 항목을 파악해야 한다며 재고 조사를 부탁한다. 들고 있던 노트를 책상에 두고 아내가 뽑아 준 리스트를 들고 작업장으로 내려와 작업대를 휙 한 번 둘러보고 창고에서 일일이 재고를 파악하고 체크했다. 재고가 바닥난 것은 몇 개 되지 않았다. 사무실로 올라와 체크한 리스트를 아내에게 건넸다. 그리고 그는 책상에 앉자마자 노트에 적혔던 전화번호를 눌렀다. 끝자리를 4자와 9자로 각각 했는데 둘 다 전화를 받지 않았다.

그는 연분홍색 노트를 책상 위로 올렸다. 그것을 직시하던 그가 잠시 눈을 떼고 다시 끝자리 4번 전화번호를 눌렀다. 신호음이 몇 번 가더니 이번에는 받았다. 그는 자신이 전화를 하게 된 경위를 밝히고 그 사람에게 고인과의 관계를 물은 다음, 저간의 사정을 설명했다. 전화를 받은 사람은 고인의 친구였고 놀라움에 한동안 말을 잇지 못했다. 한동안 말이 없던 상대방이 당장에 오겠다며 위치를 확인한 후 서둘러 전화를 끊었다.

그는 수화기를 내려놓고 연분홍색 노트를 열어서 읽기 시작했다.

부용루에서 신점을 보내며

찬 비 강 가득 내리는 밤, 오나라에 들어서

새벽 벗을 전송하니, 초나라 산도 외롭구나

낙양의 친구들, 내 안부를 묻거든

한 조각 얼음 같은 마음, 옥항아리에 있다고 전하게

寒雨連江夜入吳

平明送客楚山孤

洛陽親友如相問

一片氷心在玉壺

— 왕창령王昌齡, 부용루송신점芙蓉樓送辛漸

책꽂이에서 『당시삼백수唐詩三百首』 시집을 뽑아 시 한 편을 베껴 쓰며, 다시 펜을 들었다. 정확하게 말하면, 서른두 번째 동지의 죽음이 펜을 들게 했다.

그날, 퇴근 후 평소와 다름없이 간단히 샤워를 하고 TV를 켰다. 짤막한 뉴스가 떴는데 L 자동차 해고자 사망소식이었다. 32번째 죽음이고 복직을 기다리던 중이었다고 한다.

9년을 기다렸으니 그 동지도 지쳤을 것이다. 불행인지 다행인지 모르지만, 한동안 사망자가 나오지 않았는데....

야산에서 목을 맨 채 발견되었다 한다. 오랜 해고 상황은 그에게 많은 빚을 안겼고 생활고에 시달리며 카드를 돌려쓰다가 신용 불량자가 되어 일다운 일도 할 수 없었다. 신불자 회생 절차를 밟고 싶어도 변호사비가 없었다고 한다. 아버지가 공장에서 쫓겨날 때 열세 살 어린 아들은 스무 살이 넘은 청년이 되어 상주로 조문객을 맞고 있다고 한다.

칼로 가슴 한쪽이 싹둑 베인 것처럼 아렸다.

'파업을 하고 난 뒤에야, 해고를 당하고 난 뒤에야, 진짜 세상을 봤다. 뒤틀린 세상, 전에는 몰랐던 진짜 세상을 봤다.' 고인의 주머니에서 발견된 유서의 마지막이라며 기자가 소개했다.

밤새 뒤척였다. 대한문을 찾을까 말까? 그동안 동지들의 죽음을 애써 외면했지만 앞으로 동지들의 빈소를 결코 다시 찾을 기회가 없을 것 같아서였다. 그러나 결국 가지 않았다. 대신, 고인의 유서가 밤새 귓가를 떠나지 않았다. 정리해고를 당한 뒤 진짜 세상. 세상의 속살을 본 것이다. 비틀어진 거울에 비친, 뒤틀린 세상을 본 것이다.

나는 다시 펜을 들었다. 마치 잊고 있던 숙제가 생각난 학생처럼, 뭔가를 써야 할 것 같아서였다. 특히 나를, 나에 관해서.... 정리를 해야 할 것 같았다. 생의 그트머리에 와 있는 지금, 어떤 이유에서인지는 모르겠으나 꼭 그래야 할 것 같다. 미완의 무언가를 완성시켜야 할 것 같기도 하고, 마지막을 매듭지어야 할 것 같기도 하고....

(사실 금속노조 간부 때문에 써 두었던 글도 아직 전달하지 못했다. 천성이 게으른 탓도 있지만 꼭 전달해야 할 강한 이유나 필요를 느끼지 못했다. 또 내 글이 그들에게 큰 도움이 될 것 같지 않아서이기도 했다. 뭐 어쨌거나 파업 일기라고도 할 수 있고 패자의 넋두리라고도 할 수 있는 수기手記는 방구석 어딘가에 처박혀 있을 것이다.)

그래, 그랬다. 뒤돌아보니 그렇다. 회사는 기계 돌아가는 소리를 빼고 모두 거짓이었다. 거듭 말하거니와, 회사가 말한 손실은 엉터리 회계에 의한 거짓 손실이다. 동준의 말마따나 법정 관리와 대규모 정리해고를 할 만큼 회사의 자산 가치가 하락한 것은 아니었다. 따라서 지도부와 민노총이 노사정 협상에서 사 측의 거짓 재무제표와 궤변, 불법과 허위 논리를 집중적으로 반격하고 물고 늘어졌어야 했다. 그랬다면 회사는 꼼짝 못 했을 것이다. 지은 죄가 있으니까!

헌데 이상한 일은, 노조 지도부와 민노총은 이 점을 공격하지 않았다는 것이다. 왜 그랬을까? 왜 그랬는지 알 수 없지만, 나는 지도부의 투쟁 노선과 순수성에 대해서는 일말의 의심도 없다. 중차대한 문제 때문에 뒷전으로 밀려 공격 포인트를 못 잡았거나 회계 지식이 부족해서 사 측의 궤변과 허위 사실을 반격할 때 대응 논리를 구축하지 못했을 수도 있다. 그래, 나름의 사정이 있었겠지만 지도부의 실책인 것은 분명하다.

그래. 그랬다. **국가는 경영진의 범법 행위는 묵인하고, 노동자는 불법 점거라는 이름으로 압살했다.** 국가마저 자본의 도구가 되고 자본의 대변인이 되었다. 당시 정권은 친기업 정책과 반노동 정책을 노골적으로 펼치며, 우리의 파업을 불법이라고 규정했다. 그렇다. **국가마저도 범죄를 저지른 강자의 편을 드는데, 힘없는 서민과 약자는 누구를 붙잡고 억울함을 호소하겠는가?**

수개월 전, 진보 정권이 들어섰다. 새 정부도 강자의 편을 들까? 촛불 혁명으로 탄생한 진보 정권이라고들 하지만 나는 그들도 믿지 않는다. 그들 역시 곧 권력의 맛에 취해서 민중의 팍팍한 삶은 뒷전일 터이고, 내실은 하나도 없고 개폼만 잡는 포퓰리즘 정책 남발을 자제하지 못할 게 뻔하다.

양극화 해소를 위해 심도 있는 연구와 체계적인 정책은 고사하고, 벌써부터 인기 영합적이고 보여 주기식 설익은 정책들을 쏟아내는 것만 봐도 그렇다. 보나마나 논공행상에 따라 공공 기관의 기관장 자리는 모두 꿰차고, 정권을 움직이는 몇몇 고위직 관료들과 그들 밑에서 혜택을 누리며 일 받아먹고 사는 일부 특정 계층과 기업, 공무원, 단지 그들만의 리그가 될 것이기 때문이다.

정작 가난하고 힘없는 서민들에게는 아무런 혜택도 유익도 없는 그들만의 잔치가 될 것이기 때문이다. 그들이 보수와 다른 점이 있다면 딱 하나 '진보'라는 단어가 다를 뿐이다. 그러니 진정 **가난하고 힘없는 약자를 위한 국가도, 대통령도 없다.** 결국 어떤 정권이 집권하더라도 자신들의 권력과 경제적 이익을 위한 야욕만 채울 뿐, 서민들의 삶은 여전히 팍팍할 것이다.

그렇다. 그랬었다. 지방경찰청장은 정권의 반反노동 정책을 충실히 이행한 충견. **거짓 증거를 댄 사 측은 한 사람도 안 잡아가고 이에 저항하는 노동자들만 체포하고 구속시켰다.** 이게 과연 공정한 법 집행이란 말인가? 더구나 경찰은 공권력이라는 이름으로 살인적인 단수, 단전, 피를 말리는 철통 봉쇄와 파업 노동자들의 상처에 소금을 뿌리는 악랄한 수법으로 노동자를 탄압했다(지방경찰청장은 이 공로를 인정받아 경찰의 수장에까지 올랐다는 소문도 들렸다.).

그래. 그랬었다. 시쳇말로 '찌라시'나 만드는 일부 언론들은 우리의 파업 때문에, 온 나라가 당장 망할 것처럼 떠들어 댔고 언론의 본분을 팽개치고 국민들의 눈과 귀를 흐리게 했다. 삶의 터전을 잃고 사회 밑바닥으로 추락하는 파업 노동자들을 '빨갱이' '폭도' '귀족노조' '종북 좌파'로 몰아붙였다. 그래, 그런데? 종북 좌파? 좌파?

좌파가 어쨌다는 건가? 그건 '양심'의 문제, '양심의 자유'의 문제 아닌가? 좌파면 어떻고, 우파면 안 된다는 법이라도 있나?

아직도 이 시대, 이런 프레임을 씌우는 자들은 자신의 우월적 지위와 정치적 권력을 유지하고 쟁취하려는 자들이거나 불순한 경제적 이득과 정의롭지 못한 특권을 누리려는 자들, 그들의 고도의 술수라고밖에 볼 수 없다.

그렇다. 그랬을 것이다. 사 측의 사주로 관제데모를 벌이며 '산 자'가 된 구사대는 회사의 거짓을 한사코 눈감고 어떻게든 살고자 했을 것이다. 그게 세상을 사는 지혜라고 자위하면서! 그렇다, 살아남는 것, 어떤 비난을 무릅쓰고서라도 살기만 한다면, 그것이 어떤 인생이라도 상관없을 것이다. 아무리 모욕적이고 수모를 당한다 하더라도 살기만 한다면, 살 수만 있다면 말이다!

그들을 비난하지 않는다. 아버지로서, 가장으로서, 가정을 지키고자 한 그들의 비겁한 선택은 비난의 대상이 결코 될 수 없다. 차라리 가슴이 찢어지는 슬픈 딜레마다. 세월이 지나고, 쪽박을 차고 친구들도 떠나고 아내를 잃고 가정까지 무너지고 보니 그들의 선택이 옳았다는 걸 뼈저리게 느낀다.

그런데, 그런데 말이다. 그 '산 자'들의 반대편에 섰던 나는 지금 뭔가? 정부와 경찰, 사 측과 경영자, 용역 깡패와 언론은 아무 일도 없었다는 듯, 그런 일쯤은 아무것도 아니라는 듯 쾌재를 부르며 지내는데…. 도대체 나라는 놈은 뭔가? 파업 때 다친 허리는 고질병이 되고, 취직은 안 되니 가족에게 가혹한 시련의 날들이 이어졌다. 아이들에게 경제적 빈곤과 결핍, 가정 파탄을 안긴 아비가 어찌 떳떳하다고 할 수 있겠는가? 어찌 또 이런 아이러니가 있단 말인가!

꿈을 꾸는 동안은 자신이 꿈을 꾸는지 알지 못한다. 꿈을 깨고 난 후에야 비로소 꿈이라는 걸 안다. 84일의 투쟁은 이제는 꿈같이 아스라이 멀어져 간다. 발끝에서 머리끝까지 내 몸 구석구석에 각인됐던 기록인데도, 또한 내가 지상에서 발붙이고 살아온 1만 8,793일 중 가장 중대한 변곡점이 된 84일인데도, 가물가물 신기루 같기도 하고 나와 무관한 현실감 없는 동화책 그림 같기도 하고, 그리고 또.... 내 몸이 둘이 되어 지금의 이 지하방과 옛날 그 파업 현장, 두 공간에 동시에 존재하는 것 같기도 하고, 내 몸에서 혼백이 빠져나와 두 공간을 동시에 오가는 유령이 된 듯하기도 하다. 그리고 이상하게 '그때 그날들'이 영화처럼 계속 반복되는 것 같은, 비일상적인 현실과 비현실적인 일상이 뒤섞여 있다. 최근 들어 꿈과 현실의 괴리가 무너지고 있다. 이승을 하직할 날이 멀지 않아서일까?

이제 나는, 너덜너덜해진 필름 같은 그 과거에 아무런 의미를 부여할 수가 없다. 아무 의미 없는 의미에, 의미를 부여잡고 모든 에너지를 쏟았던 9년 전의 그 열정에 피식 헛웃음이 나온다. 그때 그 당시 그곳에서 가졌던 절대 가치와 심장한 의미는 어디로 간 것일까? 도대체 어디로 사라지고 지금은 무의미한 허상, 허깨비가 되고 만 것일까.

그렇다. 모든 것은 지나간다. 시간은 만물을 이곳에서 저곳으로 옮겨 놓는다. 의미와 가치까지도 옮기고 변하게 하고 사라지게 한다. 정열도 뜨거움도 울분도 그리고 목숨까지도, 언젠가 부질없는 것으로 흘러가게 한다. 세월이 우리를 변화의 강, 망각의 강으로 데려가기 때문이다. 나는 이 진리를 보듬고 지금 그 강변에 서 있다.

그리고 공책은 예닐곱 장이 뜯겨 있었고, 그 뒤로 손글씨체는 다시 이어졌다.

나는 어려서부터 너무 많이, 너무 깊이 보는 버릇 때문에 우울했다. 사람들은 그런 나를 이해하지 못했다. 나를 낳은 어머니까지도. 그리고 나는 나에 대해 사실 아는 게 많지 않다. 다만 상황에 따라 (상황에 의거해, 상황에 의해) 순식간에 또는 시간을 갖고 판단하고 결정하고 행동할 것이라는 것 외에 아는 게 별로 없다.

그러니 나는 '상황동물'이라고 할 것이다. 상황이 곧 나를 규정하는 것이다. 즉 어떤 상황에 닥쳤을 때 내가 어떻게 반응하느냐에 따라, 각각 내 존재가 달리 규정된다는 말이다. 외람되지만 대다수 사람들이 그러지 않을까? 느닷없이 오른뺨을 맞으면 반사적으로 상대의 오른뺨을 때릴 것인지, 아니면 예수님처럼 자신의 왼뺨을 상대에게 내밀 것인지는 누구도 그 상황에 닥쳐 보지 않고서는 알 수 없다. 평소 그 누구도, 때릴지 참을지를 장담할 수 없으며 장담

했다고 한들, 바로 그 상황에 닥쳐서 그 언명대로 행동을 할지는 그때 가 봐야 안다.

그래서 사람이란, 철학과 이론과 종교적 교리로 규정할 수 있는 존재가 아니며, 고정된 구조와 일관된 형식을 가질 수 없다. 사람은 신神과 동물, 악마와 천사를 잇는 가교에 지나지 않는다. 불안하고 위태로운 가교, 갈대처럼 흔들리는 가교라고 할 것이다. 이는 세상 어떤 존재보다도 항상성이 결여된, 가변적이고 위험하다는 것을 방증하는 것이니 이런 인간의 탄생 신화는 축복이자 저주라고 할 것이다.

그런데 내 안에서 일어나는 이 두 영역에서 오는 단상과 감정과 반응들은 반의반도 알지도 못한 채 때로는 일제히 또는 시나브로, 때로는 유기적이거나 독립적으로 총체적이거나 개별적으로 떠올랐다가 사라져 다시 내게 오지 않는다. 말하자면 내 속에 내가 너무 많다는 것이고 내 안에서 일어나는 그것들을 인식의 그물 안에 모두 가둘 수 없다는 것이다. 그래서 내 존재 속에 대못처럼 박힌, 몇 개의 기억만이 똬리를 틀고 떠나지 않은지도 모른다.

아내가 일을 다 마쳤는지 먼저 퇴근한다고 자리에서 일어선다. 내일 작은애 생일이니 저녁에 가족 식사 예약을 한다는 말을 잊지 않고 사무실을 나선다. 아내의 말소리에도 불구하고 그는 공책에서 눈을 떼지 않고 글을 따라 갔다.

설상가상, 나쁜 운은 겹쳐서 오는 법이다. 일터가 한정된 소도시에서 3,000명이 넘는 실직자가 한꺼번에 쏟아졌으니 고향에서 취직은 어려웠다. 일단 노가대 일용직 잡부로 일을 다니며 이력서를 들고 안정된 직장을 틈틈이 찾아 나섰다.

그러던 어느 날 오후, 공사장에서 철근 뭉치를 바싹 드는데 몸 어딘가가 쩌릿하고 허리 근처가 뜨끔했다. 철근을 그대로 내동댕이쳤고 그날 일당은 공쳤다. 처음에는 대수롭지 않게 여겼으나 점점 허리 통증이 심해졌다. 파업 때 짓밟힌 허리가 다시 도진 것이었다. 일을 계속할 수 없었고 동네 병원을 다녔으나 좀체 나아지지 않았다. 돌팔이 같으니!

허리가 너무 아프니 앉지도 서지도 걷지도 못했다. 급기야 몸을 세워 10분을 움직이지 못할 만큼 통증은 극심했고 하루 종일 누워 있을 수밖에 없었다. 병원마저도 겨우겨우 어머니의 부축을 받아 다녀야 했다. 하도 아프니 허리를 잘라 버리고 싶었다.

화가 치밀었다. 국가를 상대로 소송을 알아봤으나 주위에서 모두 손사래를 쳤다. 바위로 계란 깨기라는 것이다. 화불단행禍不單行. 불운은 겹쳐서 온다. 참, 하늘도 무심하지 어찌 이런 고통과 환란을 준단 말인가! 큰 병원으로 옮겨서 시술 치료를 몇 번 해 봤지만 차도가 없어 결국 수원에 있는 대학 병원에서 수술을 하지 않을 수 없었다. 지금 돌이켜 봐도 발병 후 수술까지 몸서리치는 통증의 지옥이었다.

우여곡절 끝에 수술로 통증은 가셨으나 그동안 만만치 않은 치료비와 고액의 수술비는 마음에 통증을 가져왔다. 이미 적금을 깨고 보험도 해약하고 차도 팔았다. 그러고도 모자라 아내는 결혼식 예물은 물론 애들 돌 반지까지 죄다 팔아 생활비에 보탰다. 그러니 집을 담보로 저축은행에 고리高利의 추가대출을 받아야 했으며, 수술 후에도 당분간 재활 치료에 매달려 백수 생활을 이어 가야 했다. 참, 한심하기 이를 데 없었고 애들 앞에서 고개를 들 수 없는 죄인이 되었다. 여전히 아내 혼자서 벌어야 했다.

신이 누구에게나 똑같이 주는 것 중 하나가 시간이란다. 내게도 질식할 것 같은 재활의 시간이 지나갔다. 그동안 몸은 좋아졌지만 가정 형편은 말이 아니었다. 이미 어머니께서도 팔을 걷어붙이고 나섰다. 애들이 다녔던 초등학교 급식 보조를 시작하셨으나 처음에는 파스값이 더 드는 것 같았다. 나도 건강이 회복되자 허리에 큰 부담 없는 D 시 유일의 초대형 마트에서 주차 알바를 시작했다. 알음알음 먼저 들어간 성철의 알선으로 취업을 했다. 성철은 여기서 버티고 있으면 복직하는 날이 오지 않겠느냐,라며 내 등을 토닥였다.

친구들은 아직도 복직을 기대하고 있었지만 난 포기한 지 오래다. 형사처벌까지 받았으니 아예 기대하지 않았다. 하여튼 출근을 했지만 완전한 해결책은 아니었다. 우리 가족의 경제활동 인구는 셋이지만 모두 푼돈 벌이여서 세 사람 1년 치의 월급을 모두 합해도 L 자동차 고액 연봉 임원의 한 달 치 월급에도 못 미치는 금액이었다. 애들 학비나 생활비보다 대출금 상환과 이자를 감당하기 어려웠다. 결국 집을 내놓았다. 아파트를 팔아서 은행과 저축은행 대출금까지 모두 상환하고 나니 3,500이 남았고 거기에 500 전세 대출을 보태서 다세대주택으로 이사를 했다. 일단 복잡한 상황을 일거에 해결하긴 했다.

나는 이미 알코올 의존증을 보인 적이 있다. 다행인지 불행인지 디스크가 터져 금주를 해야 했다. 그런데 집을 옮기고 주차 알바를 하면서 다시 술을 입에 대기 시작했다. 구멍가게라도 해 볼까 하고 여기저기 기웃거려 봤지만, 그만한 돈도 재주도 용기도 없었다. 연년생인 애들은 작은애가 중학생, 큰애는 고등학생이 되었다. 답답하고 초조했다. 하루하루를 이어 가는 게, 초등학교 1학년 때 넓은 운동장을 보는 것 마냥 막막했다. 내가 어쩌다 이 지경이 되었는가! 내 신세가 처량해졌다. 술을 찾기 시작했고 술로 마음을 달랬고 무너지는 가슴은 술에 의지했다.

일이 끝나고 성철이랑 한 잔씩 하던 술을, 시간이 흐르면서 집에서도 찾았다. 그리고 횟수가 잦아지고 주량이 늘면서 다시 중독적 폭음 증세가 나타났다. 하루가 멀다 하고 술을 마셨고 비번 날에도 집에서 마셔 댔다. 처음에는 내가 술을 마셨고, 나중에는 술이 나를 마셨다. 술을 입에 대기만 하면 인사불성이 될 때까지 끝장을 봤고 어떤 날은 애들에게 폭언을 해 대고 어떤 날은 아내와 싸우기도 했다. 아내와 어머니의 간곡한 호소에도 멈추지 않았다. 나는 점점 괴물이 되어 갔다.

누군가 주위 사람들이 놀랄 정도로 갑자기 소리를 지르거나 혼잣말을 중얼거린다면, 그런데 만약 그 사람이 발달 장애인이 아니라면, 언필칭 나와 같은 파업 후 정신장애를 앓고 있는 노동자일 것이다. 발달 장애인들의 이런 행동은 본인의 의지와 전혀 상관없이 나오는 병적인 행동이다. 나 역시 때로는 고래고래 소리를 지르고 화장실 벽을 주먹으로 치고 머리를 박으며 고함을 질렀다. 머리에서 피가 심하게 터져 병원에 실려 가기도 했다. 나는 그럴 때마다 이 행동의 전말을 인식하고 또 이러면 안 되는 것을 아는데도 터져 나오는 포악한 언행이 통제 불능이었고, 그러고 나면 후회가 파도처럼 밀려왔다. 그런데도 뭔지 모를 울분과 응어리는 여전히 풀리지 않아 앙금으로 남았다. 일단, 술이 문제고 웬수였다.

술을 입에 대지 않으면 증상이 좀 덜했다. 어머니와 아내가 병원 치료를 받자고 했지만 도리어 미친놈이라고 낙인찍는 정신병원이 싫었다. 그래서 굳은 결심으로 술을 참았지만 무 자르듯 싹둑 잘리는 게 아니었다. 손 떨림과 불면이 단주斷酒 의지를 쉽게 무너뜨렸다.

그러던 어느 하루, 그날도 술에 절어 있었고, 아내와 사소한 문제로 다투다가 불쑥 손찌검까지 했다. 말이 통하지 않아 너무나 화가 났고 그동안, 일을 핑계로 늦어지는 귀가도 마음에 들지 않았다. 새벽 2시가 되어 들어오는 날도 있었다. 애들 뒷바라지는 어머니가 다 하고 있었다. 손에 잡히는 모든 것을 부시고 던졌다. 이를 말리는 애들한테도 주먹을 휘둘렀다. 어머니 앞에서도 자제되지 않았다.

아내도 가만히 있지 않았다. 불행의 원천이자 가정 파괴의 원흉인 나를 향하여 원망과 저주를 쏟아 냈다. 나는 나대로 그녀는 그녀대로 격한 울화를 이기지 못하고 마음에도 없는 말들을 퍼부어 댔다. 서로를 헐뜯고 물어뜯고 학대하고 비난했다. 혐오와 연민이 뒤섞인 감정의 찌꺼기들로 서로를 할퀴었다. 그리고 바닥에 주저앉아 울었다. 나도 아내도 애들도 어머니도.... 나는 형편없이 한심하고 못난 놈이 되었다. 나는 세상의 가장 낮은 바닥으로 떨어졌고 한없이 작아져서 티끌보다 작아지고 말았다. 그런데 그게 끝이 아니었다. 아이들에게 고함을 지르는 소란과 손찌검을 하는 폭력은 시간이 가도 멈추지 않았다.

아내가 이혼 얘기를 꺼낸 건 그즈음이었다. 우리가 사는 이 세상에 천국과 지옥이 있다면, 세상은 천국보다 지옥을 훨씬 더 많이 보여 준다. 당시 아내는 눈앞에 펼쳐지는 처절한 실존, 현실이라는 지옥을 건너야 했다. 지옥을 횡단해야 한다는 일념, 어떻게든 가정을 건사시켜야 한다는 목표 외에는 다른 길이 없었고 그래서 돈을 벌어야 했다.

아내는 마트 캐셔를 얼마 동안 하더니 임금이 더 높다는 말에 식당 찬모 일을 나갔다. 하지만 식당 일은 중노동. 젊은 기운에 덤벼

들었지만 허약한 체질에 근무시간도 긴 편이어서 오래 버티지 못했다. 그래도 강단 있게 1년을 버티고 다시 마트 캐셔를 하더니 어머니께서 일을 나가고 큰애가 고등학생이 될 쯤 아웃도어 매장 판매원으로 옮겼다. 그곳에서 알게 된 고객을 통해, 일하는 시간에 비해 벌이가 괜찮다며 보험 설계사 일을 하고 있는 중이다. 내가 해고되기 직전부터 아내는 능력껏 거의 쉬지 않고 일을 한 셈이었다.

"강한 세력과 만나면 우리는 약해진다." 이 명제를 일반화할 수 없는 건 당연하다. 만일 강한 세력을 만나더라도 약해지지 않거나 더 강해지는 사람이나 집단이 있다면 그들에게 이 명제는 비진리非眞理이기 때문이다. 가령 장판교의 장비張飛, 프랑스를 구한 잔 다르크, 배수진을 친 한신韓信은 이에 해당될 것이다. 자신보다 훨씬 강한 상대를 단기필마單騎匹馬로 무찔렀으니까.

하지만 강한 세력을 만나면 약해지는 사람이나 집단이 있다면 그들에게 이 명제는 부동의 진리다. 역사와 사회 속에서는 후자의 경우가 대부분이고 전자의 경우는 소수에 불과하다. 동물의 경우도 그렇다. 강한 놈 앞에서 약한 놈은 자신의 꼬리를 내리는 게 보편적이다. 그러므로 이 명제는 대부분 진리라고 할 수 있다. 여기서 '대부분'이라는 단어를 붙인 까닭은, 수학적 혹은 자연과학적인 명제가 아니라서 그렇다. 이것은 인간의 조건에 관한 명제, 소위 인문사회학적 명제이기 때문이다.

그러므로 특별한 몇몇의 경우를 제외하고 우리들 대부분은 '강한 세력과 만나면 약해진다.' 아내도 그랬다. 강한 세력 앞에 결국 무릎을 꿇은 것이다. 그녀로서는 싸워 도저히 이길 수 없는 현실이라는 지옥 앞에 속절없이 굴복한 것이다. 그래서 아내는 이혼을 말했던 것이다.

그러니까 올 것이 오고야 만 것이다. 그동안 살얼음판을 걷는 형국이었다. 단지 시간이 문제였다. 사실 놀라운 일도 아니지만 나는 불안했고 날카로워졌다. 언제 이혼해도 전혀 이상할 게 없었다. 파업이 시작되고서부터, 정확히 말하면 내가 파업에 참여하고서부터 그녀의 삶도 나와 함께 꼬이고 비틀어지고 불행의 그림자가 드리워지기 시작했다. 지금까지 그녀는 기를 쓰고 살았다.

일을 했고 돈을 벌었고 한 푼이라도 더 받기 위해 직장을 몇 번 옮기며 버텼지만 형편은 나아지기는커녕 점점 쪼그라들었다. 있는 힘을 다했지만 나아지지지 않으니 힘이 빠지고 괴로웠을 것이다. 무슨 낙이 있겠는가? 그녀는 현실이라는 지옥의 강을 결국 건너지 못한 것이다.

집을 옮긴 이후로 그녀는 더욱 말수가 줄었고 웃음을 잃었다. 얼굴도 많이 야위어 갔다. 나는 이해한다. 미안했다. 할 말인지 안 할 말인지 모르지만, 출소 이후 지금까지 아내와 잠자리조차 제대로 한 번 갖지 못했다. 내 물건이 도통 세워지지 않았고 섹스가 되질 않아 불구자나 다름없었다. 그러니 정신적 장애에 성적 불구자까지 돼 버렸다. 그렇지만 이혼이라니? 나는 그녀를 욕하고 싶지 않만 꼭 그래야만 하냐고 묻지 않을 수 없었다.

"이혼? 물론 내 잘못이지. 변명의 여지는 없어. 하지만 내가 그러려고 그러는 게 아니잖아."

"나도 알아요. 당신 잘못이 아니라는 걸. 하지만 내가 너무 힘들어요. 버틸 수가 없어요."

"나도 알아. 뭔가가 잘못됐어. 스텝이 꼬이고 실타래가 엉켜 버렸어. 어디서부터 뭘 고쳐야 할지 모르겠어. 뭘 어떻게 풀어야 할지 모르겠어!"

"지금은 아무리 힘써도 헤쳐 나갈 수 없는 늪 같아요. 이젠 그럴 힘도 없구요. 이혼이 답인지도 아닌지도 몰라요. 하지만 그렇게라도 하지 않으면 숨 막혀 죽을 지경이에요. 내가 왜 이렇게 사는지 내게 설명이 되지 않아요. 그게 더 미치겠어요. 일단 당신과 떨어져 있어야 하는 것은 맞는 것 같아요."

떨어져야 한다는 말에 나는 절망적인 공포감에 휩싸였다. 우— 아무 말이라도 소리를 지르고 싶었지만 곧바로 아내의 말이 이어 졌다.

"난 당신을 욕하지 않아요. 욕을 한다면, 욕하고 싶지도 않지만, 우리 가정을 이 지경까지 만든 사회와 그 사람들을 욕해야지요. 사람이 무서워요. 우리 가정을 이렇게 만든 사람들이, 요괴 같은 세상도.... 그리고 당신도 무서워요. 그 사람들도 당신도 모두 괴물 같아요."

그녀는 잠시 말을 끊었다가,

"따지고 보면 우리 잘못이죠. 우리가 세상을 너무 몰랐던 거죠. 우리가 알던 것은 아주 피상적이었어요. 나도 앞치마를 벗고 세상에 나가 보니 알겠더라구요. 그동안 환상 속에 살았다는 걸. 세상은 천국보다 지옥이 훨씬 많다는 걸. 처음에는 지옥을 건널 수 있을 것이라고 착각했죠. 만만하게 본 거죠. 초등학교 1년생 같은 순진한 생각이란 걸 뒤늦게 알았죠. 끝내 내 뜻대로 되는 게 아무것도 없더군요."

나는 말을 잃었고, 머리가 하얘졌다. 아내를 너무 믿고 의지했다는 걸 알았고 순간적으로 아무 말도 떠오르지 않았다.

"아니야, 그렇지 않아. 다시 시작하면 될 거야. 술을 끊을게. 내일 당장 병원에도 같이 가자."

나는 아무 말이든 튀어나오는 대로 지껄여야 될 것 같았다. 욕이라도 콱 해 버리고 싶었다. 이 쌍! 너가 날 배신할 수 있어? 애들까지 버린다구? 니만 살겠다고? 이혼한다고 니가 잘 살 것 같애? 아이 씨발! 그러나 나는 아무 말도 할 수 없었다. 아내는 여전히 착 가라앉은 목소리로,

"당신 벌이가 없으니 이유 여하를 막론하고 돈을 벌어야 했어요. 그것이 가정을 지키는 길이니까요. 그런데 자꾸 무너지는 느낌이에요. 어제보다 오늘이 나아지지 않아요. 오늘이 언제나 어제보다 못해요. 그리고 내일이 오늘보다 나아지리라는 확신도 없고요."

"애들도 생각해야지. 애들은 무슨 죄야?"

나는 비겁하게 아이들의 핑계를 대고 있었다.

"여보, 우리 가족의 이 끔찍한 하루하루는 어디서 온 걸까요? 외부로부터? 당신으로부터? 딱히 그렇다고 할 수 없지만 그렇지 않다고 할 수도 없어요. 뭐, 이런 걸 따지고 싶지 않아요. 그걸 따져서 또 뭐 하겠어요."

그녀가 잠시 말을 끊자 내가,

"여보. 좀 쉬는 게 좋겠어. 어머니도 일을 다니시고 나도 조금씩 벌고 있잖아. 당신은 일을 그만두고 좀 쉬는 게 좋겠어. 당신은 지쳤어. 너무 지쳤어. 더 가난해지더라도, 더 가난해지면 어때?"

"우리는 이 위기와 아픔을 빨리 벗어나야 해요. 당신과 나, 모두 그걸 알고 있으면서도 벗어날 수 없어요. 발버둥 치면 칠수록 더 깊이 빠지는 수렁 가운데로 이미 들어와 버렸어요. 그러니 벗어나는 길은, 온 가족이 약을 먹고 죽는 길밖에 없어요."

그녀는 그동안 약국을 돌면서 사 모았다는 수면제를 주방 수납장 안쪽에서 꺼냈다. 나는 망치로 뒤통수를 맞았고 번개가 눈앞에 번쩍 튀었다. 정신을 잃고 잠시.... 나도 모르게 반사적으로 잽싸게 그 병을 낚아챘다. 그리고, 여보 이게 무슨 짓이야 당신 미쳤어? 어쩌자고 이래! 이래서 어쩌겠다는 거야!라고 소리를 지르는데도 가위눌린 사람처럼 말은 만들어지지 않고 입술만 겨우 달싹 거릴 뿐 동물 울음 같은 신음만 새어 나왔다. 우우― 흑, 가슴 밑에서 치밀어 오는 눈물이 왈칵 쏟아졌다. 아아아 나는 아내의 머리를 와락 가슴으로 그러안고 흐느꼈다. 망연하게 소리없이.... 아내도 엉엉 울었다.

아내의 더운 눈물이, 불규칙한 호흡이, 거친 울음소리가 내 가슴속을 파고들었다. 그래 맞아. 당신 말이 백번 맞아! 우리 모두 죽는 것 외에는 다른 길이 없어. 그게 답이야, 다른 길이 없어! 나는 이 말을 하염없이 되뇌고 있을 뿐이었다.

나는 모든 것을 잃고 모든 것이 끝난, 의욕도 열정도 목표도 사라져 버린 느자구없는 가장이었다. 허물어진 아버지였고 무능한 남편이었다. 그 당시 내 눈앞에 확실한 건 아무것도 없었다. 세상은 온통 혼돈이었으며 침묵이었다. 내가 가진 거라고는 그것을 꿰뚫어 보지 못하는 흐릿한 통찰력과 그것을 초월할 수 없다는 절망적인 한계, 그 명확한 인식뿐이었다. 그러니 내가 아내를 무엇으로 위로할 수 있었겠는가.

파업 이후 아내는 과거를 송두리째 잃어버린 채, 현재밖에 모르는 두더지 같았다. 눈이 퇴화된 두더지! 코앞에 닥치는 현재에만 매달리는 그녀에게 미래는 아무 의미가 없어 보였다. 그러니 희망을 걸지도, '내일'을 기다리지도 않았고, 마음은 늘 황량한 들판에 부는 마른 서풍西風 같았을 것이다.

그리고 뒷날 아내는 친정을 가겠다며 갔다. 그 후 그녀는 집으로 돌아오지 않았다. 친정을 간 지 일주일쯤 지났던가 근무 중에 아내의 전화를 받았다. 나는 건강을 물었고 잘 쉬고 오라고 했다. 아내는 알았다고 한 후 한동안 말이 없었다. 나는 전화가 끊긴 줄 알고 "여보세요?"를 네 번 반복했다. 아내가 돌연, 자신이 돈 많이 벌 재주가 없어서 미안하다, 내가 아프고 힘들 때 쌀쌀맞게 굴어서 미안하다, 했다. 자신의 능력의 한계를, 너무 무력하다는 걸, 느꼈다고 했다.

나는 그런 말 하지 말고 마음 편히 쉬다가 오라고 했고 그녀는 정말 편히 쉬고 싶다고 하며 전화를 끊었다. 퇴근하니 애들이 엄마한테서 전화가 왔는데 울기만 했다고 했다. 내가 다른 얘기 없었냐고 했더니 내일 모레 올 거라고 했다고 했다. 그렇게 빨리? 나는 고개를 갸우뚱했다. 여자들이 무슨 생각을 하는지 절대 알 수 없다고 생각한 때가 있다면 바로 그때였다.

이틀 후 근무 중에, 창자가 끊어지는 장모님의 통절한 울음소리가 수화기를 통해 들려왔다. 아내가 아파트에서 뛰어내렸다는 것이다. 나는 주차 신호봉을 내던지고 병원으로 달려가며 울부짖었다. 누구라도 아무것이라도 붙잡고, 아내를 살릴 수만 있다면 막대기라도 붙잡고 애걸하고 싶었다. 그녀를 살려 주소서. 아내가 살기만 한다면 무슨 짓이라도 다 하겠습니다. 내 잘못과 죄를 압니다, 오, 나를 용서해 주시고 아내를 살려 주소서 제발....

병원에 도착했을 때, 아내는 이미 숨이 끊어진 뒤였다. 그녀는 멍때리는 표정으로 거실의 문을 열고 나가 주저 없이 발코니 난간을 넘어 그대로 몸을 날렸다고 한다. 그녀의 몸은 공중에서 핑그르르 이른 봄 목련꽃잎이 지듯 아파트 아래 1층 화단으로 떨어졌다. 아내는 삶과 죽음의 경계, 죽음에 대한 강렬하고도 본능적인 거부감을 단숨에 훌쩍 뛰어넘었다. 아내에게 있어서 삶에서 죽음으로 가는 길은 찰나, 순간이었다. 아내는 결코 실패해서는 안 되는 선택을 위해 친정집 고층 아파트에서 몸을 날렸던 것이다. 끔찍한 이승에 한사코 다시 오지 않기 위해.

장례식을 어떻게 치렀는지 모르겠다. 경황이 없었다. 친구들이, 동지들이, 신임 지부장이 왔다 갔다. 그들은 아내가 L 자동차 사태와 관련된 스물여섯 번째 죽음이라고 했던 것 같고, 사람의 사망을 자동차 생산량을 집계한 숫자처럼 말한다고 흥분했던 것 같기도 하다. 또 언론사 기자들도 몇 명 왔던 것 같기도 하다.

장례식장은 눈물과 분노와 울분으로 덮였고 애도와 위로가 있었지만 나는 아무것도 귀에 들리지 않았다. 넋이 나간 채 모든 것이 멈춰 버린 적막 속에서 조문을 받고 인사를 나누고 악수를 하고 배웅을 했던 것 같다. 시간이 어떻게 흘렀는지, 내가 무엇을 했는지 알지 못한 채 아내의 49제를 지내고 나는 아이들을 어머니께 맡기고 상경했다.

고향에서는 더 이상 답이 없었고 공장 쪽을 보고 오줌도 누고 싶지 않았다. 내 태胎를 묻고 깨댕이 친구들과 학교를 다니고 직장을 잡고 결혼을 한, 내 인생의 모든 추억을 간직한 작은 도시, 특히 어릴 때 여읜 아버지와의 짧은 추억을 고스란히 품고 있는 고향이지만 단 하루라도 더 머물렀다면 나는 심장이 폭발해서 부서졌을 것이다.

잘못 그린 그림은 붓으로 확 긋고 다시 그리면 된다. 그런데 잘못 산 인생은? 잘못된 삶을 새로 고칠 수만 있다면 얼마나 좋을까? 고장 난 부품 한두 개를 갈아 끼우면 다시 작동하는 기계처럼 사람도 다시 시작할 수 있다면 말이다. 그런데 사람은 과거라는 족적과 이력을 지니고 다닐 수밖에 없는 사회적 존재인지라 부품 몇 개를 고친다고 되는 게 아니다. 사람에게 있어서, 과거의 잘못은 현재의 힘든 현실이 되고 미래의 나쁜 운명으로 귀결된다. 누군들 인생을 잘못 살고 싶겠는가? 누구나 최선의 선택과 결정, 최선의 노력을 다했음에도 일이 꼬이고 뒤틀리고 불운이 겹치고 행운이 따라 주지 않으면 힘든 인생의 항로를 가는 것이다.

서울의 서쪽 변두리 고시원에 짐을 풀었다. 서울은 고향의 소도시와 비교가 안 될 정도로 일자리가 넘쳤고 L 자동차 해고 노동자라는 주홍 글씨는 크게 문제되지 않았다. 물론 이런 일자리라는 게 거의 최저 임금 수준이거나 그보다 훨씬 못 미치는 형편없는 일터였지만, 나는 이미 40대 중반을 넘었고 자동차 생산 라인 경력 외에 다른 기술과 경력을 갖지 못해 제대로 된 일자리나 번듯한 직장을 얻기란 애초부터 불가능했다. 자동차 공장에서 오래 근무한 터라 자동차의 얼개는 잘 알고 있으니 자동차 정비 기술을 익히며 자리를 잡아 볼 요량으로 카센터를 먼저 찾았지만 모두 경력자를 원했지 사십 줄에 앉은 초보자를 원하는 카센터는 단 한 곳도 없었다.

수일 동안 카센터를 기웃거리다가 별수 없이 전철역 인근 카센터 옆 세차장 직원으로 서울 생활을 시작했다. 다른 일자리를 찾기 위해 고시원 앞에 꽂힌 『벼룩시장』과 『교차로』, 인터넷을 다 뒤져도 하나같이 소규모 자영업체나 인건비 따먹는 용역 업체에 취직하는 방법밖에 없었다. 월급도 겨우 최저 임금 수준이거나 그 아래 저임금이 대부분이었다. 그러나 나는 다급했다. 찬밥 더운밥을 가릴 처지가 아니었다. 입에 맞는 떡을 고른다며 구직 활동에 많은 시간을 허비할 겨를이 없었다.

한 평 반이 조금 넘을까 말까 한 고시원 방에, 가운데가 푹 꺼진 작은 집성목 책상과 침대를 제외한 나머지 공간에 짐을 채우니 문을 여닫는 것조차 난감했다. 움푹움푹 패인 낡고 얇은 매트리스가 얹힌 싸구려 침대는 허리를 상하게 하기에 딱 좋았다. 주인에게 사정을 말하고 빼 버렸다. 그랬더니 그 공간을 넓게 활용할 수 있어서 한층 좋았다.

세차 일은 아무 생각 없이 몸을 마구 굴리는 게 좋았다. 세차장은 사장이 한 건물에서 카센터와 함께 운영했는데 차가 들어오는 대로 주인 몫을 떼고 나머지로 일하는 사람끼리 나눴다. 대로변이

어서, 쓸데없는 생각을 하지 않을 만큼의 간격으로 입차는 꾸준했고, 게다가 세차 후 정비를 하기도 하고 정비 후 세차를 하기도 했다. 넷이서 하는 손세차는 호흡이 잘 맞는 편이었고, 돈을 더 많이 벌 욕심으로 나는 늦게까지 혼자 일하기도 했다. 어머니와 애들 생활비는 다달이 꼬박꼬박 부치고 고시원을 벗어나기 위해 저축도 했다. 그러고 나면 내가 쓸 돈이 거의 없었다. 쓸 돈이 없는 게 나았다. 술을 입에 대지 않기 위해서라도.

하지만 한 번씩 술을 마시면 폭음을 했다. 그런 날이면 아내는 내게 찾아와 내 가슴과 머리 속에서 맴돌았다. 세상에서 오직 나에게만 들려주었던 수줍은 아내의 첫 고백이 귓가를 떠나지 않았다. 아내는 중병을 앓고 있었다. 유서 한 장 없이 세상을 버렸다. 병이 그렇게 깊은 줄 몰랐다.

가족들에게 약한 모습을 보이지 않으려 하니 자신도 모르게 정신은 병들고 마음은 곪아 갔을 것이다. 깊은 우울증이었다. 나는 술로라도 풀었지만 아내는 그럴 줄도 몰랐다. 천성이 수다를 떠는 여자가 아니다. 차라리 성철 마누라처럼 수다를 떨면서 자신의 아픔과 상처를 해소하고 호소했으면 좋았으련만 그런 사람도 아니었다. 속이 썩어 문드러질 때까지 자신의 아픔을 드러내지 않은 미련퉁이 곰이었다.

그런 아내의 상태를 눈치챘어야 했지만 나는 무심했고, 내 자신에게만 사로잡혀 있던 이기적인 사람이었다. 아내를 살피며 함께하는 시간을 가졌어야 했다. 평소에 애들도 그렇고 아내에게도 관심을 갖고 돌보았어야 했다. 그러나 그럴 여유조차 없는 그 처참한 형편과 숨 막히는 나날이 나를 구석으로 몰아붙였다. 탈출구 없이 꽉 막힌 하루하루가 내 목을 조여 왔던 것이다. 내가 아내를 죽인 것이다, 나는 아내를 죽인 죄인이었다. 차라리 내가 죽었어야 했다. 내가.

등산은 그때쯤 시작했다. 몸을 마구 굴리는 일이라면 등산이 아니라 무엇이라도 해야 했다. 몸을 정지시키고 동그마니 시간을 갖게 되면 미칠 것 같았다. 과거의 일들이 미친 듯이 머리 속을 파고들었다. 그 끔직한 것들로부터 벗어나기 위해 정신없이 육체를 혹사시켜야 했다. 고시원에서 북한산이 멀지 않아 시간 나는 대로 산을 찾았다.

그리고 모든 관계를 최소화했고 함께 일하는 세차장 동료들조차도 깊이 사귀지 않았다. 친구들의 전화도 처음에는 오는 전화만 받다가 차츰 그마저 뜸해지고 나중에는 거의 통화도 하지 않았다. 이 땅에서 내 삶의 흔적을 그렇게 지워 갔다. 어머니와는 필요할 때 전화를 주고받았지만 애들하고 통화는 가뭄에 콩 나듯 했다. 그것도 내가 하지 않으면 애들은 도통 전화를 하지 않았다.

폭음하는 날이면 터지는 고함과 폭력을 경험했던 애들은 결국 나에게 마음을 닫아 버렸다. 심장을 칼로 도려내듯 아프고 찢어지지만 어쩔 수 없다. 사람들은 자신이 상처를 입으면 가장 가까운 사람에게 또 다른 상처를 주는 모양이다. 불행한 일이지만, 모든 것이 내 잘못이었다. 그것들 모두가 비수가 되어 내 가슴에 꽂힌다. 피멍이 든 가슴에 선혈이 낭자하나, 내 잘못이니 내가 부둥켜안고 가야 한다.

헌데, 또 허리가 문제였다. 내 몸은 이미 심한 노동을 하면 견디지 못하는 허리를 가졌다. 세차장에서 몸을 세차게 움직이고 나쁜 자세로 일을 하다 보니 허리에 무리가 왔고 산행도 중단해야 했다. 정형외과를 다니고 물리치료를 받으며 버텼지만 7개월을 넘기지 못하고 예술의 전당 근처 레스토랑의 발레파킹으로 자리를 옮겼다.

그곳은 주말이나 연주회가(실내악이나 소규모 연주회가 열리곤 했다) 있는 날이면 조금 바쁠 뿐, 보통 크게 바쁠 게 없는 일러였고 수입도 세차장보다 많았다. 검찰청 고위직 검사를 남편으로 둔, 돈을 어마어마하게 가진 여사장이 취미 겸 소일거리로 장사를 하는 곳이라 수익에는 별 관심을 두지 않는 듯했다. 그나마 그곳에서는 제대로 된 식사 두 끼를 해결할 수 있다는 게 감사했지만 고시원에서 주식은 여전히 라면이었다.

허리를 많이 쓰지 않고 몸을 심하게 굴리지 않은 게 다행이긴 해도 출퇴근 거리가 너무 먼 게 흠이었다. 늦은 시간까지 죽치고 있는 손님 때문에 막차를 놓치는 날이면 꼼짝없이 비싼 할증 택시를 타야 했다. 예술의 전당에서 고시원까지 걸을 수 있는 거리도 아니고,

어떤 날은 그날 받은 발레파킹비를 다 모아도 택시비가 모자랐다.

고민 끝에 반년을 넘기지 못하고, 출퇴근이 가까운 특급 호텔 가비지garbage와 접시 닦기를 잠시 하다가(그 호텔은 음식물 쓰레기 청소원은 교대 날짜에 따라 접시 닦기도 해야 했다.) 종로에 있는 유명한 민어집 식당 주차 관리로 자리를 옮겼다. 이곳은 발레파킹이라고 하더라도 주차원이 네 명이어서 좀 배짱 편한 주차 관리였고 심간도 편했다.

허리가 좋아지자 비번일은 비가 오나 눈이 오나 산에 올랐다. 서울 근교 모든 산을 다녔다. 그렇게 2년 가까이 쉼 없이 다니던 어느 날 가슴 밑 명치끝을 누르던 무언가가 푸욱 꺼지며 내려앉은 느낌이 들었다. 응어리 하나가 빠진 것일까?

자연은 치유력을 가졌다. 사람들의 상처와 아픔을 말없이 받아 준다, 어머니처럼. 산에 올라 그 품속에 안기면 자연은 넉넉한 마음을 열고 안아 준다. 무엇보다 나 홀로 등산은 오로지 자신과의 밀도 있는 대화의 시간을 갖게 했다. 계곡의 물소리를 들으며 산과 바위, 숲과 나무들 사이를 걷다 보면 한낱 쓸모없는 삶의 껍데기들과 찌꺼기는 떨어져 나가고, 서 푼어치도 안 되는 너절한 장식과 훈장도 사라져, 자연 그대로의 모습 그대로 진실 하나만이 남는다. 나는 알코올 중독을, 아내와의 사별의 아픔을 등산으로 이겨 냈다고 말할 수 있다. 그러나 회사와 사회에 대한 분노는 쉽게 가시지 않았다.

민어집 식당에서 알게 된 동료를 따라 백화점 주차원으로 그와 함께 이직을 했다. 높은 수입 때문이었다. 그동안의 경력을 인정받아 경력자 급여를 받게 돼 민어집 수입보다 훨씬 많았다. 생활비도 더 많이 부치고 저축도 더 늘었다. 백화점으로 일터를 옮긴 뒤 곧 이사를 했다. 드디어 고시원을 나와서 지하 전세방으로 옮겼다. 고시원보다 더 남쪽으로 내려왔고 지하 단칸방이긴 하지만 7평 정도의 넓이여서 여유로웠다. 그 후 지금까지 2년이 넘도록 이곳에서 살고 있다.

퇴근 후 오늘도 샤워를 하고 욕실에 걸린 거울을 본다. 테두리 페인트가 군데군데 벗겨진 낡은 직사각 거울에 나타난 이방인, 친근하면서도 어딘가 낯선, 음산하면서도 파리한 형체를 들여다본다. 너가 나란 말이냐? 우울과 고독을 조각해 놓은 듯한 생경함과 어색함, 나 같지 않은 나를 초점이 흐려질 때까지 들여다보아도 여전히 낯설 뿐, 내가 누구인지 알지 못한다. 내 운명이 이끄는 길을 알지 못한다. 그럼에도 나는 이 느자구없는 한 토막의 생애를 되짚어 봤다.

신은 무심하다. 절망하는 자들에게 희망의 빛을 주지 않았다. 적어도 내게는, 한순간 잘못됐더라도 다시 일어설 다른 길을 보여 주지 않았다. 예컨대 패자부활전 같은. 나는 다른 선택이 없었고 꼼짝없이 몰수패를 당한 꼴이다. 내 팔자는 왜 이리 사나운가? 아내도 자식도 가정도 모두 잃어버렸다. 단 한 번의 파업이 내 운명의 지침을 돌려 버렸다. 삶의 중심이 뿌리째 뽑혀 버렸다.

사실 나는 벌써 죽었어야 했다. 그날 아내가 죽던 날, 아내를 따라 죽어야 했지만 애들이 눈에 밟혔다. '그래, 애들을 다 키울 때까지만 살자.' 어느덧 그날이 온 것이다. 이제 애들도 성인이 되었다. 큰애는 전문대를 나와 직장을 다니고 작은애도 올해 전문대 졸업반이다. 작은놈 졸업 때까지의 등록금과 저축해 두었던 모든 돈을 이미 어머니께 부쳤다. 애들에게 더 많이 뒷바라지를 했으면 좋겠지만 여기까지다. 하늘이 맺어 준 부자지간의 천륜도 여기까지다, 이승에서는. 이제 긴긴 이별을 앞둔 순간이 오고 있다. 피를 토할 일이지만 어쩔 것인가! 그들은 충분히 자신의 길을 갈 것이라고 믿는다. 애들을 더 훌륭히 키우지 못했다고 먼저 간 아내가 타박할지 모르지만, 하는 수 없다. 변명은 않겠다. 아내도 이해할 것이라고 믿는다. 먼저 떠난 사람은 모른다. 슬픔은 남은 자의 고통이자 형벌이라는 것을!

일요일이다. 오전에 해 두었던 빨래를 걷기 위해 옥상에 올랐다. 서녘 하늘에 붉은 노을을 달고 온 석양이 아름다웠다. 붉은 광채와 기운이 시시각각 변하고 있다. 그렇다. 살아 있는 모든 것은 변한다. 지금 저 저녁노을만 해도 그렇다. 붉은 광채가 절정에 이르러 서편 하늘에 낮게 걸린 구름, 도시의 숲과 도로와 건물들을 온통 쇳물처럼 물들이더니 그 붉은 빛을 서서히 잃어 간다. 그리고 땅거미가 지고 어둠에 묻히기 시작한다. 저녁노을에 뒤이은 어둠도 처음에는 얇고 가볍다가 점점 짙고 무겁게 내려앉을 것이다. 이렇게 변하는 모든 것은 살아있고 살아 있는 모든 것은 변한다.

그럼 변하지 않는 것은 죽은 것인가? 그렇다. 죽은 것은 변화가 없다. 변하지 않는 것은 죽은 것이다. 하루 전이나 한 달 전이나 나는 그 자리 그대로다. 나는 어떤 변화도 없다. 그렇다면 죽은 것이다. 나는 살아 있지 않다. 나는 나직이 중얼거렸다.

"나는 죽어 있다."

나는 옥상에서 빨래를 걷어 계단으로 내려선다. 내 서식지가 있는 지하로 피아노 건반 같은 콘크리트 계단을 밟고 내려선다. 품 안에 안긴 빨래는 고운 햇볕에 잘 말랐다. 뽀송뽀송한 기분 좋은 내음이 코를 스친다. 이 내음을 지상에서 몇 번 더 맡을 수 있을까?

사람들은 자신의 오만함과 무례함으로 타인의 가치를 짓밟고, 짓밟힌 타인은 그 상대를 향해 혐오와 비난의 감정을 분출함으로써 놀랄 만한 에너지를 낭비하기도 한다. 이 불쾌한 감정과 찌꺼기들은 정작 가야 할 길을 못 가게 하고 집중해야 할 과업에 집중력을 떨어뜨린다. 마음의 안정과 평화를 위해 이 따위 불쾌하고 더러운 감정을 차단할 필요가 있다. 그런데 그게 쉽지 않다. 오늘 일만 해도 그렇다.

80년대부터 서울에서 가장 비싼 아파트로 이름을 날린 대규모 단지를 끼고 있는 이 백화점에서 일하는 주차원들은 심심치 않게 고객의 비이성적인 만행, 소위 갑질에 시달리기도 하지만 목구멍이 포도청인지라 참을 수밖에 없다. 대한민국에서 가장 비싼 아파트에서 산다는 넘치는 자부심(?)으로 도배된 고객들이 주차원을 우습게 알고, 여차하면 다짜고짜 반말이고 소리부터 질러대기도 한다. 그동안 여러 번 당했지만 오늘은 내 인내심의 한계가 드러났다.

　나를 마치 발바닥의 때처럼 보는 돈 많은 젊은 속물과 한바탕 싸우고서 백화점을 때려치웠다. 졸부를 부모로 둔 자식? 돈을 인품으로 아는 쌍놈? 그러니까 하등동물, 인간과 똑같은 모양을 한 그 하등동물을 그냥 둘 수가 없었다. 그놈의 멱살을 잡고 주차봉으로 대가리를 부숴 버리고 싶었지만 동료들이 득달같이 말리는 바람에 참았다. 백화점은 발칵 뒤집혔고 주차실장은 사태를 수습하느라 수일을 애먹었다. 미안해서 백화점 상품권 몇 장을 봉투에 담아 실장 책상에 두고 나왔다. 사건을 다 설명할 수 없고.... 인간과 똑같이 생긴 쓰레기에게 무시당했다는 걸 다시 또 생각하니 구역질이 날 지경이다. 더 이상 긴 이야기는 하고 싶지도 않다. 시간과 잉크가 아까울 뿐이다. 그 이후 더 이상 직장을 잡지 않고 있다. "인간은 사소한 모욕에는 분노하지만 감당할 수 없는 공포에는 순응한다."라는 중세 어느 현자의 말을 되새기며 반성하면서, 지상에 있는 동안은 절대로 감정의 과잉을 드러내지 않기를 다짐하면서....

　그런데 문득, 시간은 직선으로 나아가는 게 아니라 원환圓環처럼 돌고 도는 게 아닌가 싶다. 어제도 오늘도 내일도. 돌고 도니까 그 시간이 되면 아침이 오고, 그 시간이 되면 저녁이 오고 또 밤이 되는 것이다. 오늘은 그 시간 위에 난제難題 하나를 띄우고 씨름 중이다. 돌고 도는 시간처럼 오랫동안 내 머릿속을 빙빙 돌던 화두였다. 그것은 이렇다.

언뜻 보면 우주 삼라만상이 빈틈없이 질서 정연하고 어떤 목적과 의지와 의미를 지닌 것처럼 경이롭지만, 눈앞에 펼쳐지는 세상을 보면 꼭 그렇지만도 않다. 때로는 무자비하고 잔혹하며 때로는 얼빠지고 허술하며 때로는 말도 안 되게 황당무계하며 때로는 어처구니없이 애처롭고 참혹한 사건과 사고와 현상들을 목도하면, 세계는 아무런 목적도 의미도 의지도 계획도 없어 보인다. 이런 세계를 구태여 내가 붙들고 있어야 하는가?

인간들이 꾸려 가는 이 사회라는 것도 그렇다. 부정부패, 불공평과 불공정이 끊이지 않고, 특혜와 부조리와 편법이 판을 친다. 게다가 노동을 뼈 빠지게 해도 소득이 늘지 않는 노동자, 농사를 많이 지을수록 더 가난해지는 농민, 영업 시간을 늘릴수록 손실이 나는 영세업자.... 이렇듯 가난하고 빈곤한 자들에게 더 가혹한 현실! 도대체 개선될 기미조차 보이지 않는, 이런 불평등과 불공정한 사회를 긍정하고 사랑할 수 있을까?

그 사태를 겪고 보니 이 명제는 돌판에 음각된 글자처럼 내게 뚜렷하게 새겨졌고, 옥쇄파업 당시에도 불안과 공포에 사로잡힌 나에게 세계는 그 어떤 해답도, 분명하게 말하는 것도 없었다. 세계는 온통 혼돈과 혼란, 그리고 침묵뿐이었다.

이것을 다시 프란츠 카프카식으로 얘기하자면, 그레고리 잠자처럼 전혀 예기치 않은 황당무계한 세계— 불행과 고통과 단절, 그 참혹한 실존적 조건 속에 불쑥 던져진다면, 그리고 이 얼토당토않은 세계가 시시각각 자신의 목을 조여 오는 올가미라면, 우리는 과연 어떻게 할 것인가? 그래도 삶을 이어 가야 할 것인가? 그러니까 온몸을 던져 저항할 것인가 말 것인가?

내가 이해력이 떨어지는 사람이라서 그런지 모르지만, 그의 답은 모호했고 상징적이고 암시적이며 비유적이고 난삽했다. 그런데 좌우지간 현재 지구상의 많은 사람들은, 이런 세계를 인정하는 것 아닌가? 어떤 이유에서인지 알 수 없지만 이 끔찍한 구조와 제도를 인정하니까 살고 있는 것 아니겠는가? 하지만 나는 그렇지 않다. 지금까지 내가 인지한 바로는 내 내부로부터 오는 확고한 이유나 동력, 열정이 있는 것도 아니고 초월적인 무언가가 나를 이끄는 것도 아니다. 그리고 옥쇄파업 이후, 나를 에워싸고 나를 떠밀고 가는 이 표리부동한 세계를 수용할 수도, 용서할 수도 없다는 점이다.

결국 세상은 공평하고 공정하고 조리條理 있는 세계가 될 수 없다는 걸 알았다. 그렇다면 어떻게 해서도 바꿀 수 없고, 어떤 저항의 몸부림으로도 바뀌지 않는 표리부동한 이 세계에 맞서 그래도 살아야 한단 말인가? 살아야 한다면 왜? 살지 않아야 한다면 왜? 그 이유가 있어야 하지 않겠는가? 그게 아니라면, 이유 없이도 살

수 있는가? 그렇다! 세상을 사는 데 꼭 이유가 필요한가? 그냥 사는 거지! 그럴지도 모른다. 살아왔으니까 사는 거다. 지구상의 수많은 사람들이 그렇게 살지도 모른다. 하지만 나는 그런 삶을 거부한다. 그것은 사는 게 아니라 그저 연명하는 것, 산소 호흡기를 달고 있는 식물인간과 무엇이 다른가? 정신은 죽고 육체만 사는, 늘 반복되는 낡은 일상 속에 박혀 버린 박제된 삶을 나는 결코 원치 않는다!

그렇다면 살아야 할 다른 이유가 있어야 한다. 그런데 아무리 숙고해도 이유가 잡히지 않는다. 단지 애들과 어머니가 있긴 하다. 과연 그들이 내 명줄을 이어야 할 명징한 이유인가? 그렇지 않은 것 같다. 그것이 내가 살아야 할 가장 중요한 이유일 수 있으나 절대적 이유는 아니다(애들은 애들대로, 어머니는 어머니대로의 생애가 있고 그 나름의 생애사生涯史적 어떠함과 운명을 가질 것이다. 냉철하게 말하자면, 그러니까 조금 비정하다고 할지 모르지만 각각의 독립적인 존재라는 것이고 각 존재는 별개의 의미를 갖는다는 말이다.). 그럼 다른 이유가 있는가? 없다. 그럼 살지 않아야 한다. 왜? 살아야 할 이유가 명확치 않기 때문이다. 그렇다, 살아야 할 이유가 명확하지 않으니 살지 않아야 할 이유가 명확해진 것이다. 그렇지 않은가?

누군가 내게, 세상에 오직 단 하나의 진리를 말하라고 한다면 '모든 일 중에서 가장 슬픈 일은 삶이 계속된다는 점'이라고 말할 것이다. 다시 한번 강조하지만 나는 더 이상, 결코 슬퍼지고 싶지 않다! 이 지상에서는 결단코!

　존재의 이유를 잃고, 그래서 죽음을 택한다면 신이여, 당신의 율법을 어긴 겁니까? 지금 나는 지하 골방에 처박혀 있다. 직장을 그만둔 이후, 얼마 전부터 구들장을 지고 산다. 정확하게 말하면 누워서 산다. 음식 섭취와 생리 현상을 처리하기 위해 기동하지 않는 한, 일어서지 않는다. 음식 섭취도 하루에 한 끼? 아니면 섭취하지 않고 건너뛰는 날이 점점 많아지니 누워서 산다고 할 수 있다. 곡기를 차츰 줄이니 생리 현상도 함께 줄어든다. 가끔 글을 읽거나 쓰기 위해 엎드릴 때를 빼고는 거의 잠에 빠져 있기도 한다. 낮과 밤의 구분도 없다.... 그렇다. 패자의 말로, 바로 그것이다.

　시침도 분침도 모두 떨어져 나간 벽에 걸린 동그란 시계를 본다. 시간조차도 단절된 절해絶海의 고도에 갇힌 느낌이다. 서울에 온 후 언제나 혼자였지만 오늘처럼 외로웠던 적은 없었다. 어두운 구석에 웅크린 거미처럼 이 지하방에서 내 고독한 마지막을 정리하고 있다. 궁극적인 한계에 도달한 내 정신은 이제 결단을 내려야 할 때가 온 것이다.

　그런데 이 순간, 내 목숨의 가치와 무게가 도대체 얼마나 될까 하는 엉뚱한 의문이 스쳤다. 내 목숨의 가치는 형편없다. 오늘 이 순간, 만일 나와 같은 시간에 유명을 달리하는 어느 나라 대통령이나 어떤 예술가 또는 재벌이 있다면 그들의 목숨의 무게와 가치는 나와 다를까? 다를 것이다. 나에게는 빛도 영광도 재산도 업적도 없지만 그들은 커다란 업적과 재산과 예술품을 남겼을 것이니 다를 것이다.

하지만 그것들이 세월의 풍화를 얼마나 견딜까? 1년, 2년, 10년, ...30년, 50년, 100년. 분명한 것은, 언제인지 모르지만 세월이 흐를수록 그 빛도 영광도 희미해지고, 점점 더 희미해져서 마침내 사라지고 말 것이라는 점이다. 그러니 나의 죽음과 그들의 죽음이 다른 것은, 그들은 언제인지 모를 사라지기 전의 가치와 무게를 갖는다는 것뿐이다.

그런데 그마저도 죽은 그들이 그 가치와 영광을 인지할 수가 있을까? 그렇지 않다. 그렇다면 그것은 그들에게 아무짝에도 쓸모없는 것이 되고 만다. 그러니 결국 나와 그들의 죽음의 가치와 무게는 같다고 할 수 있다. 다만 죽음 직후의 장례식장이 다르고 애도하는 사람이 다를 뿐이며 묻히는 장소가 다를 것이다. 장지 역시 1억짜리 묘지든 1원짜리 묘지든 목숨이 끊어진 자가 그 가치를 알겠는가?

자신이 사라진 뒤 우주의 법칙과 진리가 무슨 소용이 있으며 자신의 업적과 명예가 무슨 가치가 있겠는가? 물론 내가 사라지더라도 지구는 여전히 자전과 공전을 계속할 것이며, 베르누이 이론이나 파스칼의 원리는 우주 가운데 자연법칙으로 작용하겠지만 그것들은 더 이상 나와 관계가 없다. 우리는 아무리 위대하고 뛰어났어도, 아무리 비천하고 구차했더라도 한 줌의 재가 되고 만다. 우리는 살아 있을 때만 무엇이고, 이승에서 존재할 때만 어떤 것이다. 죽고 나면 아무것도 아닌 것이다. 고작 잊혀진 의미가 될 뿐이다.

스스로 목숨을 끊은 사람은 죽음을 초월한 사람들이다. 2차 세계대전 때 나치의 만행을 겪고서 인간에 대한 환멸과 비애와 혐오감을 견디지 못해 자살했거나 전쟁이 끝난 뒤에도 그 모멸감을 이기지 못해 끝내 죽음을 택했던 명예로운 사람들이 그렇다. 입장이 좀 다르긴 하지만 지금의 내가 그렇다.

현재 나의 실존은 굴욕적이다. 삶의 무게에 짓눌린 비루한 현실의 덫에 갇힌 나의 생은 모욕적이다. 이 현실을 극복할 수 없다는 무력감이 절망적이고 치욕스럽다. 그래서 나는 스스로 생을 마감하려 한다. 그렇다고 내 자살이 명예롭다는 것은 아니다. 다만 죽음이 두렵지 않다는 것뿐이고, 어떻게 들릴지 모르겠지만, 자살은 생물학적 죽음을 초월하는 영웅적인 결단이라고 할 수 있다(영웅이고자 해서 하는 결단이 아니라 주체적인 결단임을 강조하고자 함이다.). 그리고 나면 나는 무언가 새로 시작할 수 있을 것 같은, 처음부터 다시 시작할 수 있을 것 같은 막연한 희망과 위로를 받을지도 모른다는 생각이 든다. 불운하고 억울했던 이승에서의 여정에 대해, 이승에서 느껴 보지 못한 무한한 위로를! 그래서 이 너절한 삶의 외피를 벗어 버리고 가벼운 영혼의 날개로 저승의 여정을 시작해 보는 거다. 또다시 그렇게 가볍게.

막상 삶의 끈을 놓으려 하니, 돌연 몸서리치는 애착이, 살고자 하는 결사적인 에고이즘이 가슴에서 요동친다. 세상에 대한 주체할 수 없는 미련과 아쉬움이 빗장을 열고 물밀듯 밀려온다. 죽음을 향해 달리는 정신, 그에 대항하는 육체의 거부. 아— 다시 한번 삶을 뜨겁게 축조하고 싶다. 억누를 수 없는 생의 갈망이 온몸을 휘감으며 별안간 눈물이 핑 돈다. 그 열정— 전全 존재를 뜨겁게 하는 동시에 나의 미래를 불살라 버렸던 84일의 그 열정을 다시 한번 살고 싶다.

하지만 나는 방바닥에 널브러진 축축한 빨래와 같고, 직립할 수 없는 연체동물처럼 다시 일어설 수 없는 존재가 되었다. 지금의 삶이란 죽은 거나 다름없다. 나는 살아 있는 죽음에 불과하다. 그러니 내가 진짜 죽는다 한들 세상은 달라지는 게 무엇이 있겠는가. 마치 어두운 밤, 도회지에 무수히 돋았던 불빛 하나가 꺼지거나, 까만 밤하늘에 별빛 하나가 사라지는 것과 다를 바 없을 것이다. 어느 누가 그걸 눈치채고 알겠는가. 그렇게 나는 세상에서 지워지고 사라지게 될 것이다.

또 몇 장의 노트가 찢겨 있었고 페이지가 다시 이어졌다.

이 빌어먹을 놈의 인생, 엉망진창이 돼 버렸다. 니미 x같이 돼 버렸다. 모든 게 개판이다, 아— 정말 니기미 개 x같다.... 어쩌다 이 모양이 됐나? 빼도 박도 못한 이 생. 아무래도 실패다! 이번 생은! 희망이 없는 사람, 희망을 품지 않은 사람에게는 더 이상 미래는 오지 않는다.

마음을 가라앉히고, 다시, 마음을…. 아, 성경을 폈다. 어머니께서 교회를 다니라며 건네주신, 어머니의 손때 묻은 성경이다. 손가락에 잡히는 대로 페이지를 열었다. 거기에는 이렇게 적혀 있다. 예수님께서 자기를 잡으러 온 대제사장들과 성전 경비대장들과 장로들에게 말씀하셨다. "여러분이 강도에게 하듯이 칼과 몽둥이를 가지고 나왔습니까? 내가 날마다 여러분과 함께 성전에 있었으나 여러분은 나에게 손을 대지 않았습니다."

예수님은 죽음을 피할 수 있었지만 자신이 가야 할 길을 알고 그러지 않았다. 퍼뜩 소크라테스의 최후가 교차되었다. 죽음을 앞둔 그 역시 제자들과 친구들에게 죽음을 모면하는 일은 그리 어려운 일이 아니라면서도, 죽음을 한사코 피하지 않았다. 이들 모두는 주어진 실존적 조건을 부정하는 것은 곧 자신의 존재를 부정하는 것으로, 그 조건이 심히 부당하고 불합리하더라도 순순히 받아들였던 것이다. 말하자면 부조리를 받아들였던 것이다.

그러고서 소크라테스는 죽음이 이승에서 저승으로 가는 거라면 그것 또한 재미있는 여행이 아니겠냐고 했다. 그렇다. 그의 말대로 어디론가 떠나는 기분이랄까 설렘과 떨림으로 시작하는 여행이랄까…. 오월의 바람에 하늘하늘 날리는 복사꽃잎처럼, 시월의 하늘 끝에 걸린 새털구름처럼, 홀연히 자취도 흔적도 없이 모든 이의 시야에서 지워지고 사라지는 여행일 것이다.

생의 마지막이 가까워졌다. 가슴 찢어지는 아픔도 세상이 무너지는 낙담도 목숨이 일각에 달렸던 순간도, 일상의 고비 고비에 닥쳐왔던 것들— 절박함과 애절함과 참담함. 아, 그 버거웠던 시간들이 깃털처럼 먼지처럼 기억의 저편에서 무게를 잃고 부유한다. 그렇다. 우리가 어딘가를 떠나려 하면 최대의 무게로 누르던 고뇌조차도 너무나 상반된 이미지로, 무수한 것들 중에 아주 작은 것 하나로 나타난다. 가벼운 먼지나 깃털 같은 걸로, 그때 그 당시 의식을 짓눌렀던 무거움은 온데간데없고, 수많은 사소한 것 중에 하나에 불과하다는 걸 일깨워 준다.

그래서 떠나려는 자는 가벼워지는 것이다. 여행을 떠나는 자를 보면 안다. 몸도 마음도, 중력의 무게조차도 가벼워져서 한 줌의 티끌로 날리는 것이다. 삶이 아무것도 아닌 것처럼, 도대체 아무것도 아닌 것처럼, 깃털처럼 낙엽처럼 오월의 꽃잎처럼.

내 주검을 보고 혹자는 L 자동차와 관련된 서른세 번째 또는 서른네 번째 죽음이라고 말할지 모르겠다. 혹은 끔찍한 사건을 겪은 스트레스 장애를 제때 치료하지 못해 결국 극단적인 선택을 했을 것이라고 추정할지도 모른다. 꼭 그렇다고도 할 수도 없고 그렇지 않다고도 할 수 없지만.... 아, 그러니까 어느덧 지천명知天命을 훌쩍 넘어.... 그렇다. 이제야 하늘의 뜻을 어렴풋이 알 것 같다. 세계의 의지가 맹목적이고, 우주도 인간도 아무런 필연성을 갖지 않는다면 아마도 자살은 인간으로서 가장 명징한 의식적 선택일 것이다. 나는 스스로 자결함으로써.... 그러니까 나를, 나의 세계를 결국 완성하지 못하고 가는 게 아쉽지만 여기까지다. 완성하지 못했다 한들 어찌할 것인가. 내 팔자인걸. 나는 자결함으로써 내 운명을 살아낸 것이다, 그때도 그랬지만 지금도 그렇다. 최선을 다한 것이다. 내가 최선을 다하는 동안, 나로 인해 고통받았거나 상처받은 분들이 있었다면 그분들에게 진심으로 용서를 구합니다. 저를 용서해 주소서.

죽음의 문턱에 왔다. 한 편의 시를 읽은 후나 연극과 음악회가 끝났을 때 비상한 감동에 젖어 현실감을 잃고 새로운 가치와 세계에 사로잡힐 때가 있다. 우리는 그 감동에서 한동안 벗어나지 못하다가 눈앞에 펼쳐지는 일상의 움직임에 퍼뜩 현실감을 되찾곤 한다. 영화 속에 빠졌다가 영화관을 나설 때 특히 그렇다. 이쪽 세계에 살다가 저쪽 세계로 발을 옮긴 듯한 이상하고 낯선 느낌을 가질 때 말이다. 내 죽음도 그랬으면 좋겠다. 저승의 문턱에 들어서면, 한 편의 영화를 보고 영화관을 나서는 듯한 낯선 느낌, 이상하기도 하고 설레기도 한 그런 느낌으로 저승의 문턱을 넘었으면 좋겠다. 어디선가 베토벤 교향곡 「합창」의 「환희의 송가」가 들리는 듯하다.

여기가 연분홍색 노트의 끝이다.

세상 많은 사람들에게는 참혹함과 비루함을 겪으면서도 죽지 않는 이유, 죽음보다 강한 삶의 애착을 가지는 이유가 있을 것이다. 그것은 각자가 이루어야 할 꿈과 크고 작은 목표가 있기 때문이거나, 지켜야 할 가족과 그에 대한 사랑과 책임 때문이거나, 혹은 어찌 되었건 삶이 죽음보다 더 큰 행복을 준다는 희미한 믿음 때문일지도 모르겠다. 그게 아니라면 삶의 관성―달리던 자동차가 가속 페달을 밟지 않아도 달리는 것처럼, 살았던 습관으로 계속, 아무 뜻 없이 사는 것―일 것이다.

우리는 보통, 생각하는 습관보다 살아가는 습관을 먼저 익힌다. 그런데 이 사람은 정반대인 것 같다. 살아가는 습관보다 생각하는 습관을 먼저 배운 사람 같다. 그래서 사는 대로 생각하기를 거부하고 생각하는 대로 살고자 했던 건 아닐까? 다시 말해 살았던 습관대로, 아무 생각 없이 반복적으로, 미물微物처럼, 그렇게 그대로 살 수는 없었을까?

우리는 이 시대, 도무지 누구도 거들떠보지 않은 철학과 사상의 무덤 위에서 살고 있다. 철학과 사상만이 아니다. 시詩가 죽고 문학이 죽고 문자로 된 모든 것이―그것이 짧은 것이든 긴 것이든, 수천 년 동안 치열하게 쌓았던 인간 정신의 자산을 담지擔持해 온 모든 글들이―죽어 가고 있다. 그리고 그 자리에 영화와 대중음악, 드라마, 영상, 뉴스들이 우리의 정신을 점령하고 있다.

그래서 사람들의 사유가 단편적이고 파편적이며 진중한 테제들이 희화戲化되고 있다. 그러니 이 죽음, 결코 생물학적이지 않은, 사회학적인 이 죽음을 어떻게 이해해야 될까? 또, 서둘러 길을 재촉하지 않아도 우리는 언젠가 죽음을 맞는다. 그런데 서둘러 가지 않으면 안 되었던 이들의 아픔은 도대체 얼마나 컸던 것일까? 누군들 감히 그 크기를 헤아릴 수 있겠는가.

그 친구라는 사람은 박정숙 씨가 퇴근하고, 그가 노트를 다 읽을 때까지도 오지 않았다. D 시에서 이 도시까지 두 시간이 좀 안 되는 거리라는 것을 감안한다 하더라도 오래 걸렸다. 그는 아주 이른 저녁으로 컵라면을 끓여 출출한 배를 가볍게 때우고 자리로 돌아와 인터넷에 'L 자동차 사태'를 검색했다. 그리고도 한참 후에야 두 사람이 사무실 문을 밀고 헐레벌떡 들어왔다.

둘 다 안경을 썼는데 한 사람은 앞 대머리가 진행 중인 것 같았고 다른 한 사람은 창이 있는 검은 모자를 쓰고 있었다. 검은 모자를 쓴 사람이 고인의 친구라고 했고 그 옆의 사람은 형이라고 했다. 기록으로 유추해 보면 '성철 씨'와 '성환 형'인 것 같았다.

그는 차를 대접하고, 고인은 경찰에서 무연고자로 일단 처리했고 시신 안치 장소는 경찰과 주민 센터에서 알고 있으며, 이 노트는 고인의 유품 중에 하나인데 뒤늦게 발견되어 주민 센터로 전달할 예정이지만 직접 가져가셨다가, 오는 월요일에 주민 센터와 연락하여 전달해도 될 거라고 했다. 두 사람은 침통했고 표정이 굳어 있었다. 모자를 쓴 이가 들릴 듯 말 듯한 목소리로,

—언제 어떻게 알게 되었습니까?

—어제 발견되었답니다. 주민 센터에 가시면 아시겠지만 사망 시점은 달포가 훨씬 넘었다고 경찰이 말하더군요. 가족이 계시는 것 같던데 가족에게 연락은 되었는지 모르겠네요?

—네. 어머님은 건강이 좋지 않아서 차마 말씀 못 드리고 고인의 큰딸에게 먼저 부고를 전했습니다. 큰딸아이가 실신하는 바

람에 병원에 들렀다 오느라 좀 늦었습니다.

—충격이 너무 컸나 봅니다.

—억장이 무너지지요. 망할 놈의 정리해고가 사람을 다 죽인 겁니다. 이 친구는 정말 억세게 재수가 없어요. 경찰에게 붙잡 히지만 않았어도, 허리를 다치지만 않았어도…. 너무 나쁜 운을 만난 겁니다. 이렇게 무너질 줄 누가 알았겠습니까. 소신이 뚜렷 했던 친구였거든요. 농성장에서도 가장 투쟁적이었고.

그 친구의 말을 받아 그가,

—당시 경찰의 과잉 진압은 사회적 문제가 될 정도로 폭력적 이지 않았습니까?

—네. 무자비했지요.

형이라는 사람이 입을 열어서 말을 이었다.

—사회 안전망이 없는 나라에서 정리해고는 살인이나 다름없 습니다. 노동의 유연성을 주장하는 것은 어불성설이요, 자가당 착입니다. '노동 유연성'이란 단어는 기업주와 국가에서 만든 허 울 좋은 경제적 수사修辭일 뿐, 노동자에게는 고용 불안과 해고 를 의미하는 생사가 달린 문제죠. ILO의 요구는 우리나라 현실

을 잘 모르는 탁상공론에 불과해요. 사회 안전망이 서구 유럽처럼 되려면 우리는 아직도 멀었습니다. 노동 유연성을 그들의 기준과 시각으로 밀어붙이면 노동자에겐 죽음이나 다름없죠.

—그러니까요. 그래도 요즘은 대기업의 정규직들은 노동권을 충분히 보장받고 있지 않습니까? 노동 환경이 열악한 비정규직과 하청 노동자들이 큰 문제죠. 노동시장만 그런가요? 사회 곳곳이 다 그렇지요. 그럴 만한 여러 가지 이유와 타당성이 없는 건 아니지만, 그래도 모순과 양극화가 자꾸 심해지니 말입니다.

형이라는 사람의 말에 맞장구를 치곤 그가 노트를 그들 앞에 내밀며,

—사태를 자세히 기록했더군요. 백서 때문에 기록했던 것 같던데요.

—아, 백서…!

그들은 동시에 탄성을 내뱉었다. 그는,

—두 분 모두 복직하셨나요?

—저는 했는데, 형은 아직….

모자를 쓴 이가 말꼬리를 흐렸다. 그가,

―하루 빨리 복직되셔야 할 텐데요…. 노동 문제, 노와 사의 문제는 항상 상반된 두 가지 기준을 모두 충족시켜야 하는 난제를 안고 있는 것이긴 합니다만, 그럼에도 불구하고 앞으로는 이런 참혹한 일만은 다시 일어나지 않는 세상이 왔으면 좋겠습니다.

라는 대꾸와 함께, 갈 길이 멀 텐데 지체된 것이 아니냐고 말했고, 그들은 고인의 가족들이 걱정된다며 서둘러 일어섰다. 지금의 이런 그의 답변과 태도를 보고, 사람들은 현실을 모르는 몽상가나 이상주의자, 입만 떠벌리는 도덕군자나 샌님이라고 매도할지도 모른다. 하지만 그는 양측 모두 극도의 인내심을 가지고 끝까지 평화적인 해결책을 찾는다면 방법이 영 없지는 않을 것이라는 믿음을 놓고 싶지 않았다. 고금의 수없이 많은 협상 테이블 위에서, 지금 같은 노사 문제 현장에서, 그런 평화적인 해결 사례는 얼마든지 찾을 수 있으니까. 그들은 노트를 공손히 집어 들고 고맙다는 말과 함께 인사를 하고 사무실을 나섰다. 사무실 주변은 여름 태양도 벌써 오래 전에 자취를 감추고 시커먼 어둠에 덮여 있었다.

그는 사무실 문 옆에 커피와 녹차 티백이 놓인 테이블로 다가가 인스턴트 커피를 종이컵에 붓고, 함께 놓인 낡은 오디오의 로

터리 스위치를 돌렸다. 지지직, 잡음과 함께 호른 특유의 깊고 부드러우면서도 경쾌한 음률이 튀어 나온다. 착 가라앉은 그의 기분과는 걸맞지 않게 밝고도 가벼우며 빠른 템포의 모차르트 「호른 협주곡」이다. 호른 음색은 언제 들어도 편안한 즐거움을 준다. 커피 한 모금을 천천히 삼키며 그는 몸을 깊숙이 소파에 묻고 한동안 음악에 빠져들었다.

그는 자신이 쓴 책에

고인의 기록인 위 글을 그대로 수록하기로 하고,

고인이 기록한 부분의 제목은

고인의 큰딸의 제안으로 「시지프스 비극」으로 정했다.

고인의 유지遺旨가 담긴 제목이라고 여겨진다.

이 모든 것은 고인의 친구들의 도움을 받아

고인의 유족과 합의 아래 진행하였다.

주註

―――――

1) Sisyphus. 시지프스, 또는 시지포스. 그리스 신화에 따르면 코린토스 시市의 창건자이자 왕으로 세상에서 가장 교활한 사나이로 묘사된다. 사신死神 타나토스를 기만해 제우스로부터 커다란 바위를 산정山頂 위로 올리면 굴러떨어져 다시 밀어 올리기를 영원 반복하는 형벌을 받는다. 지옥에서 영겁의 세월 동안 무익한 노동을 해야 하는 이 신화에서 니체와 까뮈는 영감을 받은 것으로 알려져 있다. 신화에 따르면 시지프스는 원래 신은 아니나, 바위를 밀어 올리는 노동을 죽지 않고 끊임없이 반복한다는 점에서 까뮈는 '신들 중에서 프롤레타리아' 또는 '신들의 프롤레타리아'로 보았던 것 같다.

2) 알베르 까뮈Albert Camus의 『시지프 신화』에서. 철학(실존 철학)적 의미의 부조리, 특히 까뮈가 말한 부조리는, 인간의 가치와 삶의 의미를 찾으려는 인간 정신과 이에 대해 아무 답을 주지 않고 침묵하는 세계와의 갈등, 사람이 찾고자 하는 명징한 존재 이유를 좌절시키는 침묵하는 세계와의 대립, 삶의 의미나 가치를 찾고자 하는 노력과 결국 아무런 답을 주지 않는 세계와의 단절 등이라고 한다.

3) 나치 만행을 방조했던 침묵하는 다수를 비판한 이 글은 마틴 니묄러 목사(Martin Niemoller, 1892~1984)가 1946년 프랑크푸르트에서 행한 연설의 일부를 시 형식으로 바꾼 것이다. 이후 그는 위와 같은 취지의 발언을 여러 차례 했으며 상황에 따라 여러 버전으로 조금씩 변형되어 전한다. 그는 독일 루터 교회 목사, 신학자, 세계교회연합회 회장을 역임한 바 있다. 1차 세계대전 때 유보트 함장으로 복무했다. 처음, 개신교 목사이자 반공주의자로서 히틀러를 지지했으나 히틀러의 정체를 알고 나서 나치에 저항하다 1937년 강제수용소에 투옥되었다.